Johannes Girmindl

Simmering

AF130108

Johannes Girmindl, 1978 in Wien geboren. Musiker und Schriftsteller, veröffentlicht im Eigenverlag Tonträger, schreibt unentwegt neue Lieder und Geschichten. Bisher erschienen: Die Moral ist eine Hure (2012), Hot Whiskey (2014).

www.girmindl.at

Johannes Girmindl

Simmering

Ein LokalKriminalroman

Bibliographische Information der Deutschen Nationalbibliothek:

Die Deutsche Nationalbibliothek verzeichnet diese Publikation in der Deutschen Nationalbibliographie; detaillierte bibliographische Daten sind im Internet über http://dnb.dnb.de abrufbar

© 2015 Johannes Girmindl

Herstellung und Verlag: BoD – Books on Demand, Norderstedt

ISBN: 9783738651669

1 – Tote Augen am Morgen

„Im Sommer hab i vü öfters an Steifen, Herr Inspektor." Der Unterstandslose Josef Hirtal hält keinerlei Information zurück. Das sollte der Polizei eigentlich positiv auffallen. Mittlerweile ist es aber des Guten zu viel. Albin Kemmer, 43, Revierinspektor in Wien-Simmering, Kaisereberstorferstrasse 290, klappt sein schwarzes Notizbuch zu und verstaut es in seiner linken Brusttasche. Letzte Weihnachten hat er es von seiner Frau bekommen, die zwischenzeitlich den gemeinsamen Haushalt aber verlassen hat, um mit seinem Vorgesetzten Martin Pollak zusammenzuleben, damit er notieren konnte, was nach seinem Dienst noch schnell im Supermarkt zu besorgen sei. Mit brachte er immer etwas, sie war damit in der Regel aber nicht zufrieden gewesen.

Es ist Sonntag, der 19. Juli 2015. Der bisher heißeste Tag im Jahr. Das Thermometer hat seit Beginn der Aufzeichnungen noch nie so hohe Temperaturen in dieser Häufigkeit angezeigt, und es wird noch heißer werden. Josef Hirtal hat sich, wie schon so oft in den warmen Monaten, in Wien Simmering, nahe der Stadtgrenze, am Friedhof der Namenlosen ein

Nachtlager zurecht gemacht. Er hält sich dort von kurz nach der Dämmerung bis zum Erwachen in strahlendem Sonnenschein, etwas abseits auf. Würde man ihn hier unerwarteter weise in seiner improvisierten Bettstatt vorfinden, bekleidet lediglich mit einer Unterhose, deren Farbenspiel einem verschmutzten Regenbogen gleichkommt, zwischen all den verwitterten Gräbern, Kreuzen und Steinen, es wäre eine groteske Situation. Hirtal benutzt diesen Platz seit einigen Jahren, er hat sich sozusagen schon eingelebt und sich das Hausrecht durch beharrliche Konsequentnutzung gesichert. Vor drei Jahren hat er damit begonnen, an der nordöstlichen Einfriedung ein wenig Gemüse zu ziehen, um gerade genug vitaminreiches Beiwerk zu seiner ansonsten hochprozentigen Diät zu haben. Er hat es geschickt angestellt, zwischen mehreren hohen Büschen, uneinsichtig für die wenigen Besucher, die hierher kamen, eine Reihe von Pflanzen gedeihen zu lassen, die ohne viel Pflege und Aufwand wachsen.

Gerade eben dort, wo einst dieser Friedhof sich im Ursprung befunden hat, im Laufe der Jahre verwitterte, mit ebenso vielen Überschwemmungen, aber jetzt nur noch als Erinnerung vorhanden ist. Die vielen Toten, die die Donau im Laufe der längst vergessenen Jahrzehnte hier angespült hat, die niemand kannte, auch deswegen, weil sie bis zur Unkenntlichkeit schon zersetzt gewesen sind, haben hier eine letzte Ruhestätte gefunden. Im

Jahre 1900 ist dann ein neuer Friedhof angelegt worden, einer, der nicht durch regelmäßige Überschwemmungen verwüstet werden sollte. Bis auf eine kleine Pause, während der Kreuze, beziehungsweise Särge geplündert worden sind, um in der Not etwas Brennholz zu haben, werden hier weiterhin, bis ins Jahr 1940 Tote begraben. Danach hat die Gemeinde ihr Erbarmen und gewährt den Unbekannten der Donau eine letzte Ruhestätte am Zentralfriedhof. Wie es aber meist mit solch sagenumwobenen Orten ist, es findet sich immer jemand, der sich liebevoll um dessen Erhalt kümmert. So kann man heute noch, den Friedhof besuchen und bei Touristen gilt er sogar als Geheimtipp.

An diesem Morgen wacht Josef Hirtal kurz vor sieben Uhr auf. Ist es das Motorengeräusch eines Wagens gewesen oder hat ihm seine Fantasie einen Streich gespielt, er kann sich nicht mehr mit Bestimmtheit daran erinnern. Hirtal öffnet verschlafen seine Augen und setzt sich ein wenig auf. Mit einem Schlag ist er hellwach. Ihm gegenüber, an die Rückseite eines verwitterten Kreuzes gelehnt, befindet sich ein offensichtlich lebloser Körper.

Und so hat sich Hirtal in größter Eile seine zwei Nummern zu große Hose angezogen, ist in seine Schuhe geschlüpft, die ausnahmsweise einmal wie angegossen passen, und hat seine wenigen Habseligkeiten eilig zusammengesucht, um dann den Ort des Geschehens zu verlassen. Wie soll er erklären, was er zu dieser frühen Stunde an einem Sonntag dort zu schaffen hat? Womöglich würde die Polizei den Friedhof etwas genauer unter die Lupe nehmen und seine kleine, aber spezielle Plantage vorfinden. Für die Sommermonate müsste er sich dann einen neuen Platz zum Schlafen suchen und somit die Exklusivität seiner derzeitigen Unterkunft verlieren. Abgesehen davon, ist einem Kontakt mit den Hütern des Gesetzes grundsätzlich auszuweichen. An Behörden und dergleichen anzustreifen ist zu vermeiden. Solche Bekanntschaften bringen im Grunde nichts wie Probleme mit sich. Meistens. Hirtal, der nun in Richtung Straße geht, beginnt aber nun auch an die spärlichen Vorteile einer solchen Begegnung zu denken. Sind die richtigen Beamten im Dienst, jene die ihre Uniform zu Recht tragen und somit die Staatsgewalt zu repräsentieren in der Lage sind, gab es zumindest Zigaretten, Kaffee und mit viel Glück auch die eine oder andere karge Mahlzeit; angefangen von Wurstsemmeln oder was sonst gerade am Koat vorzufinden ist. Im Extremfall geht es zu einem Wirten in der Umgebung, bei dem dann auch eine warme Mahlzeit herausspringt. Auf der anderen Seite, kann es aber auch passieren, dass die Beamten noch relativ junge Kappelträger waren, die grundsätzlich ihre Uniform ausnutzen, sich darin stärker als andere fühlten - und vor allem als etwas Besseres.

In diesem Fall gibt es mitunter eine Hand voll Watschen, von denen aber niemand, der vielleicht sonst noch gerade Dienst tut, etwas mitbekommen haben will. Nicht, dass die Wiener Polizei nur aus aggressiven und einfältigen Schlägern besteht, im Gegenteil, da tun viele Beamte täglich ihren Dienst mit Verantwortung und Feingefühl, schlichten den einen oder anderen Familienstreit, bevor er eskaliert, und kümmern sich darum, dass zumindest ein gewisses Maß an Sicherheit der Bevölkerung vermittelt wird. Gegen die Negativbeispiele, die medial oft ausgeschlachtet wird, ist es schwer, sich zu behaupten und das Bild der Polizei wieder ins freundlichere Licht zu rücken.

Hirtal denkt an seine Unterkunft, die er schon so lange bewohnt und an den Toten gegenüber, und dass mit den heutigen Methoden der Spurensicherung es ein Leichtes ist, eine Verbindung zu ihm herzustellen. Er ist bereits das eine oder andere Mal schon eingesessen und ist deshalb wohl auch leicht zu identifizieren. Vielleicht hat er Glück, vielleicht aber auch nicht; und so entscheidet er sich doch, den schweren Weg zum Koat Kaiserebersdorfer Straße anzutreten, um von seiner Entdeckung am frühen Morgen zu berichten. Hirtal läutet an der Gegensprechanlage, die seit vielen Jahren nun schon eine Art Erschwernis ist, ein Wachzimmer zu betreten. Ob man damit den Parteienverkehr einschränken oder gefährliche Zeitgenossen auf Distanz halten, und erst einer eigehenden Prüfung unterziehen möchte, bevor sie eingelassen werden, ist nicht so ganz klar. Jedenfalls summt im Fall Hirtal der elektronische Türöffner und der Unterstandslose kann ungehindert eintreten. Als aufmerksamer Beobachter bemerkt er umgehend die Sonntagsbesetzung. Oder sind die Beamten vom Nachtdienst noch da? Es ist eigentlich egal und Hirtal denkt bei sich, dass er nun wohl sein Anliegen vorbringen sollte, denn die zwei Augenpaare, die auf ihn gerichtet sind, vermittelten eine gewisse Ungeduld.

„Morgen, die Herren."

„Ja, morgen. Was gibt's denn?"

„A Leich, Herr Inspektor."

„A Leich, aha, wo denn?"

„Am Friedhof, Herr Inspektor, bei so an Grabstein."

„Sowas aber auch. Kummens amoi her."

Hirtal geht dem Beamten entgegen, der ebenfalls auf ihn zugeht, vor ihm stehen bleibt und sich zu ihm, tief einatmend, etwas hinunterbeugt: „Ham sie wos trunken."

„Herr Inspektor, i hab heut no nix trunken. Und schauens mi ned so an. I hab a Leich gfunden am Friedhof."

„Am Friedhof san grundsätzlich Leichen, das is beabsichtigt. In ihren Alter solltens des scho wissen."

„I waaß des eh, da liegt aber a Leich, die dort ned hingheat, zumindest jetzt no ned."

„No amoi von vorn. Sie haben eine Leiche gefunden."

„Sog i ja, Herr Inspektor. A Leich, am Friedhof. Friedhof der Namenlosen."

„Aber der is ja gar nicht mehr in Betrieb, das ist ja mehr ein Museum, quasi."

„Ja, aber wie i heut in der Fruah aufwoch, liegt da die Leich und schaut mi an."

„Wie bitte schaut a Leich?"

„Na, ned so direkt. Aber die Augen waren offen. Was glaubns wie i mi daschrocken hab."

„Setzen sie sich bitte da her. Hams einen Ausweis mit?"

„Ja klar, Herr Inspektor."

Josef Hirtal kramt aus seiner Sakkoinnentasche einen Reisepass heraus. Der ist zwar schon vor gut zehn Jahren abgelaufen, zur Identitätsfeststellung reicht er aber allemal. Er öffnet ihn und reicht ihn aufgeschlagen mit seinem Bild dem Beamten entgegen.

„Fesch, a Firmungsphoto?"

„Naja, kana wird jünger, Herr Inspektor."

„Ja, eh. Also, ihr Name ist Josef Hirtal. Wohnhaft, wo?"

„Naja, hier und da. Wenn i an Platz find, wos schee is und ned zu koid, dann in der freien Natur. Freie Wildbahn, wenns wissen, wos i man. Im Winter-"

„Unterstandslos also; kein fester Wohnsitz schreib ma."

„Ja, schreibens des, ein ewig Suchender."

„Gut, sie sind a Fisch?"

„Ja, 15. März. Wos in Cäsar hamdraht haben."

„Neunzehnhunderteinundsechszig."

„Genau; 61er Jahrgang. No vor die Beatles."

„Und jetzt erzählen sie mir bitte, ganz genau, was sie beobachtet haben."

„Es war so, Herr Inspektor, i hab gschlafen. Aber irgendwas hod mi dann aufgweckt. I waaß nimma wos genau. A Auto, vielleicht; so wia wenn ma die Tia zuhaut, oder a Motor, i waaß nimma. Vielleicht hab is aber a nur tramt. Oiso i bin munter, mach die Augen auf, da schaut mi ana au. Wos glaubens, wias mi grissen hod. Des woa ka Lercherl."

„Erzählens weiter."

„Na lahnt do ana, mir gegenüber an an Kreuz."

„Was machen sie eigentlich am Friedhof?"

„Schauens, Herr Inspektor. Jetzt, wos so haaß is, schlof i durtn. Es is ned weit vom Wossa, da hat ma a bissl a Obkühlung a und i muass sogn, ma hod sei Ruah, am Friedhof."

„Is das ned a bissl makaber. Ich mein, manche fürchten sich dort wahrscheinlich."

„Herr Inspektor, vor wen sollt i mi durtn fiachtn? Die san doch eh olle scho gsturbn. Und nächtliche Besucher gibt's da eigentlich kane. Wissens, wenn i mi irgendwo im Park hinleg oder so, da hab i ka Ruah. Erstens amoi is im Park in der Nocht sowieso Highlife, was glaubens wievü durtn pudern. Daun die Bsoffanen, de san laut, da kann kana schlofn dabei und wennst dann eischlofst, entweder wochst auf und es föht da wieder irgendwos oder du wochst auf weil di grod ana birnt. Ned leiwand, des kennans ma glauben. Und durt am Friedhof, de reinste Söhligkeit."

„Na gut, ich möchte auf das gar nicht eingehen. Dass es nicht erlaubt ist, ist Ihnen vielleicht schon klar."

„Herr Inspektor, was ollas so nicht erlaubt ist, ich glaub des waaß eh a jeda, aber wer hoit si denn scho dran. Kana."

„So wurscht is das aber trotzdem nicht."

„I werd mi bessern, Herr Inspektor. Aber i tua niemanden wos, es hot si no kana beschwert."

„Erzählens weiter."

„Naja, es gibt nimma so vü. I siech die Leich, kriag an mordstrum Schrecken, pack mi zsamm und renn da her. Jetzt sitz i do. Gengans, hättens an Kaffee fia mi. Und a Zigaretterl, vielleicht?"

„Heast Reini, bringst uns bitte an Kaffee für den Herrn Zeugen" und zu Hirtal gewandt: „Rauchen dürfens da herinnen eh nimma. Ist ein öffentliches Gebäude und da ist es ja seit a Zeitl schon verboten."

„Ja, verboten. Boid is eh ollas verboten, Herr Inspektor. Gott sei Dank derf ma no scheißen wia ma wü. Stöns ihna vua, des Scheißen wa a verboten, do zreissats an jo, vua lauter Verbot."

„Möglich."

Reinhard Wladowec kommt mit einem Becher Kaffe zurück und stellt ihn vor Hirtal hin. Der greift gleich zu, nippt davon und verbrennt sich die Zungenspitze.

„Hui, haaß is er."

„Der ist frisch, oiso is er auch heiß. Gut Herr Hirtal. Machen wir uns auf den Weg. Sie zeigen uns jetzt den Fundort, damit wäre vorerst alles erledigt."

„Aber gengans, Herr Inspektor, sie finden dort sicher a ohne mi hin."

„Das sicher, Herr Hirtal, aber Sie müssen trotzdem mit uns gehn, es dauert eh nicht so lange."

Auf dem Weg zum Friedhof erzählt Hirtal in groben Zügen seine Lebensgeschichte. Albin Kemmer weiß nun, dass Hirtal eigentlich gelernter Steinmetz ist, oder, nach seiner eigenen Diktion, Bildhauer. „Davon kann ma aber ned leben, Herr Inspektor." Deswegen gab es eine ganze Menge an Gelegenheitsjobs, die aber allesamt, nicht allzu lukrativ gewesen waren. Deswegen auch der Abstecher auf die schiefe Bahn. „Es is afoch vüzvü zsammkommen, Herr Inspektor. I hab ja ned wissen können, dass der Charly den an umschiaßt. I hab ja ned amoi a Krochn ghabt; aber wissens eh, wenns dabei woan, woans dabei. Und i bin ocht Joa am Sta gsessn. Da kummt ma nimma so afoch wieder hoch."

Am Friedhof angekommen, zeigt Hirtal willig seinen Schlafplatz, der auch gleichzeitig den kurzen Aufenthaltsort der Leiche darstellt. Kemmer macht sich einige Notizen und sagt dann: „Haben sie hier irgendetwas verändert?"

„Nix, Herr Inspektor. Da hab i an Respekt, vor ana Leich. Außerdem bin i ja glei weg."

„Gut, Herr Hirtal, danke. Ich brauch sie jetzt nicht mehr. Das wars. Gibt es eine Möglichkeit Sie zu finden, wenn wir von ihnen noch etwas brauchen?"

„Naja, Herr Inspektor, wie gsogt, i bin eh in der Gegend, zumindest solangs no woam is."

„Dann könnens jetzt gehen. Hier-" Er hält Hirtal eine Packung Camel hin, die dieser auch gleich nimmt.

„Danke, Herr Inspektor, Se woan ma glei sympathisch."

In diesem Moment trifft auch schon die Spurensicherung samt Beamten in Zivil ein und Hirtal macht sich schnurstracks auf den Weg. Zu viel Kontakt zur Exekutive muss nicht sein, denkt er sich, schon gar nicht am Sonntag.

2 – Die Pepi

„Wenn die in Günter fertig mocht, dann kriagts a Problem mit mir!"

„Jo, genau."

„Der reißt si in der Hockn des Kreiz o, sie geht ned hackeln und nimmt erms ganze Knedl o."

„Na?"

„Sitzt den ganzen Tog daham und mocht nix. Jo, do wos eikaufn, durt wos bestelln, Fernschaun tuats in ganzen Tog und er kanns pecken."

„Oag."

„Und überall buagt sa si a Göd aus. Bei dir hots sies jo a probiert. Dreihundert Euro brauchts. Und zruck kriagst as sicher, wennst hundert Joa wirst ned."

„Na."

„Sei froh dassd mi host, du Gurkn hätst as ihr eh burgt. Wos mochst dann?"

„Na, hätt i ihr eh ned gebn."

„Geh redt kan Schaaß."

Der an diesem Sonntagvormittag schon etwas angeheiterte Karl Primmer, sitzt mit seiner derzeitigen Lebensgefährtin, Elke Jirkal im kleinen und etwas zu dunklen
Lokal von Josefa Toman, die von allen vertrauensvoll nur
Pepi genannt wird. Einen Tisch weiter, sitzt Anton
Kurdalek, der sich auf dem Heimweg von einer langen
Nacht befindet. Er liegt mit seinen zweiundzwanzig Jahren stark unter dem Altersdurchschnitt der üblichen Gäste. Mehr sind noch nicht da. Es ist kurz nach elf und gerade kommt auch Gerhard Schlosser zur Tür herein. So
wie jeden Sonntag, pünktlich nach der Zehnermesse in
Alt-Simmering.

„Griaß euch alle miteinander. Pepi, a Achtl rot bitte."

Er setzt sich an die Bar. Josefa Toman stellt ihm das ge-
wünschte Glas Wein hin. Gerhard Schlosser nickt ihr zu
und nimmt einen kräftigen Schluck daraus.

„Des is a guter. Is des a anderer als sonstn?"

„Na, Gerhard, das ist derselbe wie immer. Am Sunntag
gibt's kan andern, wennst des manst."

„Schmeckt ma guad heut."

Er trinkt das Glas schluckweise leer.

„Kannst ma glei no an gebn, Pepi!"

Josefa Toman nimmt das Glas und schenkt aus der Dopplerflasche nach.

Sie führt das Lokal nun seit dem Tod ihres Gatten Hansi im Alleingang und das nicht zu ihrem Nachteil. Nachdem Hans Toman damals in der Küche einem Herzinfarkt erlegen war, riss sie das Ruder quasi drastisch herum, kürzte die Speisekarte aufs Notwendigste, stieg auf Flaschenbier und eine kleine, aber aussagekräftige Auswahl an Spirituosen um, und machte so, das ehemals versiffte Café zum Treff der Nachtschwärmer und Einsamen. Josefa Toman ist sich ihrer Aufgabe bewusst und sie erfüllt sie nach bestem Wissen und Gewissen. Hauptsächlich ist sie Beichtvater, Psychiater und Ratgeberin, der Alkoholverkauf scheint lediglich eine Art der Tarnung zu sein, die ihre sonstigen Tätigkeiten legitimierte. Wenn rundherum die Lokale Sperrstunde haben, das ist so zwischen elf und ein Uhr nachts, dann kommt, unter Garantie immer noch eine Handvoll Gäste, die auf ein letztes Bier oder Hochprozentigeres bei der Pepi vorbeischauen. Bei einem Getränk bleibt es so gut wie nie und Josefa Tomans Sperrstunde dehnt sich oftmals bis in die frühen Morgenstunden aus. Den Beamten vom fast direkt gegenüberliegenden Koat ist das offiziell natürlich nicht bekannt. Unter der Hand munkelt man aber, dass man Josefa Toman gewähren lässt, sie gilt als soziale

Einrichtung für gestrandete Seelen und solange sich niemand belästigt fühlt, können alle noch ihre Gläser in Ruhe leeren.

Am Sonntag, dem Tag des Herren, öffnet sie aber nicht wie gewöhnlich erst um sechzehn Uhr, sondern schon früher, nämlich um zehn Uhr vormittags. Der Sonntag ist ein Tag, an dem es die wirklich Einsamen am schwersten haben. Die Geschäfte sind geschlossen, die Familien haben endlich Zeit füreinander und wenn man niemand mehr hat, oder will, dann spürt man die einsamen Stunden an einem solchen Tag umso mehr. Im Laufe des Tages, und nicht nur am Sonntag, kommen die unterschiedlichsten Charakter, junge Spitzbuben, alleinstehende Damen und ebensolche Herren, Trinker und Trinkerinnen, Pärchen, die das Lokal als ihr verlängertes Wohnzimmer betrachten und wer sonst aller noch nicht wirklich etwas zu tun hat. Manche kommen nach der Arbeit, manche gehen gar nicht hin, die warten einfach darauf, wann die Pepi denn aufsperren wird. Für solche ist übrigens oftmals auch schon vor vier offen. Wie schon gesagt, heute ist aber Sonntag. Und selbst jene, die zur Arbeit gehen, tuen das heute auch nicht.

„Der Wein is guad. Versteh i ned, das muass a anderer sein."

Gerhard Schlosser ist sich ziemlich sicher, dass sich in seinem Glas nicht der übliche Rotwein befindet.

„Gerhard, a wennst es mir nicht glaubst, es ist der söbe wie immer."

„Naja, i waaß ned. Aber auf jeden Foi guad eigschenkt."

Karl Primmer mischt sich nun auch in den önologischen Diskurs ein.

„Guad eigeschenkt is immer bei der Pepi. Und der Sprit is a ned gwassert. Sowas findst heut jo nimma. Panscht jo a jeda. Ned nur in Wein. A in Sprit. Des anzige wosd ohne Angst saufen kannst, is a Bier aus der Floschn. Aber da muaßt a schaun, dass as erst aufmochen, ned dass da irgend a offenes scho bringen. Aber bei der Pepi, ollas 1 A!"

„Deswegen samma jo do, gö Burli."

Und er bezieht, in seiner alkoholbedingten Großzügigkeit, auch Anton Kurdalek mit ein. Der ist aber nicht wirklich in der Lage sich darauf zu dieser Stunde einzulassen. Er murmelt ein leises „jo, eh", sagt dann, „guade Nocht", und geht, nachdem er drei Ein-Euromünzen auf seinen Platz gelegt hat.

„Vertrogt a nix der Bua."

„Geh Karl, der is miad. Waaßt eh, die Jugend, die ganze Nacht unterwegs, und dann den ganzen Sunntog schlofn. Mia woan a ned anders."

„Mia woan anders, ohjo."

„A geh, wos woast du anders. Du warst früher a scho dauernd fett."

„Aber ned so blad wie jetzt", mischt sich Gerhard Schlosser in den Dialog zwischen Gast und Wirtin.

„Du pass auf wosd sogst. Auch am Sonntag kanns gefährlich werdn. I hoff du hast gnuag bet in der Kirchn, weil so wia du redst, da brauchst an urndlichen Schutzengel."

„Woa jo ned so gmant, Karl."

„Waaß i eh, bist jo ka Trottel. Trotzdem warn wir ned a so. Warst du a so, Elke?"

„Na Karli, i war ned a so."

„Na, da hörts as; mia woan ned a so. I hab no Sie gsogt, zu meine Eltern."

Josefa Toman blickt von ihrer Kronen Zeitung auf und schüttelt langsam den Kopf.

„Geh Karl, redt ned so an Bledsinn, zu deiner Zeit hat kana mehr Sie zu die Eltern gsogt."

„Aber mei Großmutter hat no Sie gsogt."

„Ja, dei Großmutter, aber ned du. Des war ja vor hundert Joa, du bist ja kane Hundert."

„Aber trotzdem woan mir ned a so. Allanich wia sie die auziagn. Die Hosen is bei de Knia, und die Unterhosen schaut aussa, die rennan jo olle wia angschissen durch die Gegend. Wie gibt's denn des."

„Na des is die Mode halt."

„Mode is des? Des is oasch! Und die Hasen, da schaut die Hälfte aus, ois miassatn de si mitn Schuachlöffel anziagn, weils sunst ned in die Hosen kamatn. Und hinten schauts Schnirdl vom Schrtringtanka ausse, geh bitte. Aber eh wurscht, tuat ja mir ned weh."

„Eben, jedem das Seine."

„Geh Pepi, bringst uns a Gulasch? Isst eh ans mit?", sagt Karl Primmer, zu seiner Lebensgefährtin, die sich gerade eine Zigarette anzündet, ohne den Eindruck zu machen, auch auf eine Antwort zu warten.

Josefa Toman erhebt sich von ihrer Zeitung und macht sich auf den Weg in die enge Küche. Gulasch, Gulaschsuppe, diverse Würstel und hier und da Pferdeleberkäse vom Gigerer mit scharfen Pfefferoni sind die feste Verpflegung die hier erhältlich ist. In einer kleinen Vitrine finden sich auch noch Mannerschnitten und Auer-Tortenecken. „Für die Damen, die haben gern was Süßes", sagt die Pepi immer, wenn ein fremdes Pärchen sich in ihr Lokal verirrt.

„I nehmat auch eins, bitte", setzt Gerhard gleich nach.

„Jo, drei Gulasch, kumman glei, is eh woam. I sog euch oba glei, heut hab i nur a Brot. Semmeln gibt's kane."

Kurz darauf kommt Josefa Toman mit einem kleinen Tablett aus der Küche. Drei mittelgroße Schüsseln bis zum Rand gefüllt, vier Schnitten Brot und drei Löffel liegen darauf. Sie stellt das Tablet hinter der Bar ab, stellt eine der drei Schüsseln vor Gerhard Schlosser auf die Bar, legt ihm daneben einen Löffel hin und auf die Schüssel eine Scheibe Brot. Dann trägt sie das Tablett zum Tisch der beiden anderen Gäste, stellt jedem eine Schüssel samt Besteck hin, nur mit dem kleinen Unterschied, dass Karl Primmer, mit den Worten „a Mann der oabeit, muaß a essen", zwei Scheiben Brot bekommt.

„Sixt Elke, die Pepi schaut auf mi."

Da betritt durch die offenstehende Türe Josef Hirtal den Raum.

„Serwas Pepi", sagt er.

„Serwas Pepi", sagt Josefa Toman.

Josef Hirtal ist ein oft gesehener Gast in Josefa Tomans Nachtcafé. Ihre Namensgleichheit hat ihm quasi Vorschusslorbeeren eingebracht. Er kommt des Öfteren vorbei, auch weil er weiß, dass hier immer wieder etwas für ihn abfällt. Die Pepi berechnet ihm in der Regel nur jedes zweite Achtl, zum Essen lädt sie ihn ohnehin ein und der Verdauungsschnaps geht ganz offiziell „auf Haus".

„Hast an Hunger? Essen olle brav, siehst. Da derfst ned auffallen, willst a a Gulasch?"

„Gern. I hab heut eh no nix gessen."

„Na setz di nieder, i bring da ans."

Josefa Toman bringt auch Hirtal eine gut gefüllte Schüssel mit Gulasch, sowie auch zwei Scheiben Brot.

„Wos trinkstn? A Achtl?"

„Ja bitte", sagt Hirtal, der schon den ersten Löffel Gulasch im Mund hat.

„Was gibtsn Neichs bei dir? Im Sommer sieht ma si so sötn."

„Najo, im Sommer muass i mi ned so oft aufwärman ois wia im Winter. Aber so lang is eh ned her, dass i do war. Zwa Wochn?"

„Kunnt hinkommen."

Hirtal isst weiter. Als er fertig ist, tunkt er den Saft mit Brot auf, und mit dem letzten Stück, wischt er quasi die Schüssel leer.

„Brauchst nimma owoschn, is scho sauber", sagt er grinsend und deutet auf die leere Schüssel.

„Mei Tant hat des a immer so gmocht. Nix überlassen, nix weghauen. Is eh gschcit."

„Mei Oma hod immer gsogt, a Essen weghauen is a Sünde", trägt nun auch Gerhard Schlosser bei.

„Des hod mei Oma übers Oaschpudern a gsogt."

„Geh Karli", sagt Elke …

„Wos eichane Leut ollas gsogt ham, die miassn vü gredt ham," versucht Josefa Toman die Diskussion zu beenden.

„Also, Pepi, was gibt's neichs bei dir."

„Ned vü. A bissl wos halt."

„Na dazöh scho."

„Du waaßt jo, dass i, wenns so haaß is, immer beim Hafen bin. Dort wo der Friedhof is."

„Ja, des hast ma eh scho oft erzöht. Wosd dei Gemüse anbaust."

„Genau."

„Gemüse host? I hät glaubt du bist a Sandler und ka Gärtner."

„Geh Karli jetzt hoit amoi die Pappn. Schee langsam wird s a bissl vü."

„Ja, sag eh scho nix. Bringst ma no a Bierli? Bütte!"

Josefa Toman bringt Karl Primmer sein Bier und setzt sich zu Josef Hirtal.

„Na und heut Nacht hab i wieder durtn gschlofn."

„Am Friedhof?"

„Ja, is ja a Ruah durtn, kana der wos mi stört."

„A bissl makaber is des schon, oder."

„I waaß ned. Fia mi passts. Aber huach zua, wia i aufwoch, liegt da a Leich vua mir."

Karl Primmer fühlt sich wieder bemüßigt das Gesagte zu kommentieren: „Oida, du schlofst am Friedhof? Da liegst eh no lang gnuag umadumm, da fangst jetzt scho damit an?"

„Geh lass erm, erzähl weiter."

„Na nix mehr. A Leich war da. I hab mi gschreckt."

„Und dann, was hast gmacht?"

„Na nix hab i gmacht, zur Kieberei bin i."

„Und, wer war des?"

„Woher soll i denn des wissen? I hab den vorher no nie gsehn ghabt."

„Und wie hat der ausgschaut. Daschossen oder was?"

„Na, eigentlich gar ned so wüd. Is nur daglahnt und hot si ned griart. Ansonsten war nix."

„Jetzt bringens die Leichen scho söba aufm Friedhof, die Killer. Is eh praktisch. Nächstes Mal solltens as glei ei grobn. Dann spar ma uns glei ollas und wissen von nix."

„Geh Karli, du hast a Gmiat."

„Naja, is ja war. Da daschiasst irgend a Tschusch an andern, was hat des mit mir zum tuan. Hat si erledigt."

„Na und wie geht's da jetzt?"

„Is eh ollas in Ordnung, an Schrecken hab halt ghabt; und dann no auf die Kieberei geh, du waaßt jo, des is ned meins."

„I waaß, du warst im Häfn."

„Ja, i woa. Alles erledigt, da is nix mehr offen. I bin ned so ana wie die, die drin sitzen und nur woatn, dass wieder aussekumman und dann wieder wos drahn. Da hats an gebn, der hat gsagt: I woat bis i wieder draußen bin, da bin a hoibs Joa der Kaiser, dann dawischns mi hoit, und i bin wieder da. Freie Kost und Logis. Und dann woat i wieder, weil wenn i dann wieder aussegeh, bin i wieder der Kaiser. I hab vüle troffen im Häfen, denan is ollas wurscht. Da kannst oftmals nur hoffen, dass die des goa ned erleben, dass wieder aussekumman."

„Aber geh, jeder kann si ändern. Ma muass ned immer schlecht bleibn."

„Eh, jeder kann si ändern, die wenigsten wolln si aber ändern."

„Geh Pepi, dürft ich noch so einen guten Roten haben."

„I kumm glei. Magst no a Achtl?"

„Geh bitte, i zahls eh."

Josefa Toman steht auf und geht hinter die Bar um die Getränke zu richten. Josef Hirtal nimmt sich eine Camel aus der Packung, die er von Albin Kemmer bekommen hat und zündet sie mit einem blauen Feuerzeug der FPÖ Simmering an. „Oaschlächa", denkt er bei sich, „aber Feuer kennans mochn."

3 – Die Verlängerung der U3 und ihre Folgen

Kurt Navratil setzt seine gerade erst geöffnete Schwechaterdose an die Lippen und trinkt sie in einem langen Zug bis zur Hälfte aus. Immerhin ist es schon zehn Uhr vorbei und er auf seinem Stammplatz, einer Parkbank in der Gottschalkgasse. Die Sonne, die noch nicht unangenehm heiß scheint, lässt den Baum, der Zentrum dieser Szene ist, einen zarten Schatten werfen. In naher Zukunft wird wohl Josef Pribal den kleinen Park betreten und sich neben Navratil auf die Bank setzen. Die beiden kennen sich seit einer gefühlten Ewigkeit, zumindest aber schon länger, als sie sich erinnern können. Navratil war damals Schlosserlehrling, als der etwas jüngere Pribal, mit seiner Mutter auf der selben Stiege, auf der er mit seinen Eltern wohnte, einzog. Pribal war ein sogenanntes Scheidungskind und das war in jenen Tagen ein nicht gerne gesehener Umstand, vor allem aber ein Vorwand, unter dem er regelmäßig von den anderen Jugendlichen gehänselt, wenn nicht gar auch verdroschen wurde. Pribal hatte sich an diese Gegebenheiten gewöhnt und setzte sich selten zur wehr. Einerseits lag es ganz deutlich an der Überzahl der Angreifer, andererseits aber auch an seinem nicht vorhandenem Mut. Und so begab es sich eines Tages, an dem der Vitula Manfred von der Nachbarstiege, ein nicht ungefürchteter Halbstarker, der auch als Rädelsführer in Erscheinung trat, wenn der Hasen-Maxi nicht gerade selbst anwesend war, wieder auf seinem Opfer kniete und ihm eine nach der anderen betonierte. Er schlug den mittlerweile aus Mund und Nase blutenden Pribal gerade fröhlich wieder ins Gesicht, als Kurt Navratil, in schmieriger Schlossermontur um die Ecke kam. Jetzt muss man aber sagen, dass der Kurt Navratil auch nicht gerade ein Menschenfreund war und der barmherzige Samariter war er noch weniger. Er war selbst ein Schläger, zwar mit einem gewissen Ehrenkodex, der sich aber an die jeweilige Situation anpassen ließ. In diesem Fall erkannte er umgehend die Möglichkeit, dem Vitula selbst ein paar auflegen zu können und das ausnahmsweise mit gutem Gewissen. Er packte ihn also hinten am Hemdkragen mit seiner linken Hand und zog mit der rechten einmal so richtig durch. Das hatte zur Folge, dass der Vitula Manfred erst einmal mit dem Hinterkopf auf den Asphalt knallte. Es krachten keine Knochen und es hielt sich die Platzwunde, aus der ein kleines Blutrinnsal floss, letztendlich in Grenzen. Das Schädelweh vom Vitula hielt, je nach Erzählung, zwischen zwei Wochen und einem Monat an. Aber egal wie lange dem Manfred Vitula der Kopf weh getan hat, das ganze hatte auch einen gewissen Symbolwert. Von jenem Tag an, war es nämlich vorbei mit den Leiden des jungen Pribal. Daran konnten auch nicht die vielen Männerbesuche seiner Mutter in der Zimmer-Küche-Kabinett-Wohnung etwas ändern. Klar, fragte der eine oder andere manchmal :„ is dei Mutter a Hua?" , handgreiflich wurde aber niemand mehr. Das lag sicherlich auch an der neu entstandenen Freundschaft zum Schlosserlehrling Kurt Navratil, der mittlerweile im dritten Lehrjahr nun auch schon ein Moped besaß. Die beiden unternahmen am Wochenende gemeinsame Ausflüge und waren über kurz oder lang, unzertrennlich. Trotz des Altersunterschiedes von drei Jahren, der, wenn man jünger ist, ja gravierend sein kann. Navratil blieb Schlosser und Pribal wurde Verkäufer. Er handelte mit Haushaltswaren aller Art, mit Werkzeug, verkaufte Nägel und Schrauben nach Gewicht und schloss sein kleines Geschäft, das sich direkt bei der Haltestelle „Simmering" befand, Ende der Achtziger Jahre unfreiwillig. Die Kundschaft war ohnehin schon die letzten Jahre über in Schaaren zu den Baumärkten abgewandert und die, die noch zu ihm kamen, brachten ihm auch nicht den gewünschten Umsatz. Und zu guter Letzt, war auch die Umgestaltung der Simmeringer Hauptstraße in spürbare Nähe gerückt, und die sah keinen Platz mehr für seine kleine Eisenhandlung. Er ließ sich also, so früh wie möglich sein Geschäft ablösen und ging in den vorzeitigen Ruhestand. Den gedachte er mit Kurt Navratil im „Roten Stier" zu verbringen. Navratil war nach einem Arbeitsunfall, der ihm fast sein Augenlicht gekostet hatte, frühpensioniert worden. Er saß schon einige Jahre lang durchgängig im Roten Stier und wartete jeden Tag auf seinen Freund Josef Pribal. Der kam täglich, pünktlich auf die Minute, nachdem er sich zu Hause nach der Arbeit umgezogen hatte, um halb sieben.

Der Rote Stier war ein kleines Gasthaus gleich am Anfang der Gottschalkgasse in dem die Marktfahrer, als es sie noch zu Hauf am Simmeringer Markt gab, einkehrten, sich stärkten und einen Teil ihres Tageslohns versoffen, ehe sie wieder aufbrachen. Es war die Zeit, in der Pribal und Navratil noch jung waren. In den Siebzigern änderte sich das drastisch, der Markt war nicht mehr so lebendig wie einst und in den Achtzigern und Neunzigern waren viele der regelmäßigen Kunden schon verstorben oder wollten nicht mehr am Markt einkaufen, weil die meisten, noch verbliebenen Stände nun von den sogenannten Ausländern geführt wurden. Die hatten zwar allesamt schon die österreichische Staatsbürgerschaft, für viele der dahinalternden Simmeringer und Simmeringerinnen hatte das aber keinerlei Bedeutung. Man blieb lieber unter sich. So auch im Roten Stier. Dort hatte man zwar Nichts offenkundig gegen Ausländer, ebenso wenig aber wollte man auch Nichts mit ihnen zu tun haben. Die Wirtin vom Stier, Elisabeth Kurdner, von allen nur Liesl genannt, schmiss den Laden seit einer gefühlten Ewigkeit. Sie war resolut, meistens zu ihrem Gatten, und das wahrscheinlich aus dem Grund, dass die Gäste schon vorab informiert waren wer hier den Ton angab. So kam es in Regel nie zu Unstimmigkeiten in Bezug auf Rechnung oder Sperrstunde. Wenn die Liesl sagte, „meine Herren", und es waren üblicherweise kurz vor Mitternacht nur noch Herren anwesend, dann tranken alle brav aus, zogen im Winter ihre Mäntel und Jacken über, verabschiedeten sich und wankten heimwärts. War jemand zu schwach um noch zu wanken, teilte die Liesl die verbliebenen Gäste als Eskorte ein; man musste sich also nicht sorgen, sicher nach hause zu gelangen, auch an Abenden, an denen es etwas heftiger, in Bezug auf hochprozentige Flüssigkeitsaufnahme gewesen war.

So war der Rote Stier Wohnzimmer für viele und ganze besonders für den Navratil und den Pribal. Wie ein Schlag ins Gesicht war es dann gewesen, als die Liesl verkündete, dass sie zusperren musste. Im Zuge der U3-Verlängerung, die auch die Neugestaltung der Simmeringer Hauptstraße zur Folge hatte, musste das Haus, in dem der Rote Stier seit fast hundertfünfzig Jahren sich befunden hatte, der Modernisierung weichen. Ein Ausgang der Station Enkplatz würde just an jenem Punkt zur Oberfläche führen. Kein Einspruch möglich.

„Das kann aber ned woa sein", sagte der Pribal.

„Oja, es hüft nix. I kriag a Ablöse und des woas. Ja, geh i halt in die Pense", sagte die Liesl mit feuchten Augen. Mehr als diese Gefühlregung erlaubte sie sich nicht, vor allem nicht im Dienst.

Und so waren die letzten Monate von der immer näher rückenden Schließung überschattet. Die Leichtigkeit war vorüber und die Schmäh nicht mehr ganz so lustig wie bisher. Und als am letzten Tag der letzte Tropfen ausgeschenkt war, sagte die Liesl wie üblich „meine

Herren", denn es waren auch an diesem Tag nur mehr Herren anwesend, wünschte allen eine gute Nacht und schloss für immer ab. Drei Wochen später war sie tot. Ob die Liesl ohnehin gestorben wäre oder ob es an der Schließung des Roten Stiers lag, wie ihr Mann immer noch behauptet, wir werden es nie erfahren. Er fährt jetzt immer wieder aufs Land zu seiner Schwester, in der Wohnung hält er es nicht aus, sagt er. Und wenn wir ganz ehrlich zu ihm sind, dann ist es wohl so, dass ihm die Liesl mit ihrer starken Hand fehlt. So ganz alleine ist er sich oft nicht so sicher, was er denn tun soll, da ist es dann schon gut, wenn man eine Schwester hat, die ebenso resolut sein kann, wie die Gattin, selig.

Der Kurt Navratil aber, ließ sich das nicht so einfach gefallen. Und nachdem das Haus abgerissen war, die neuen Betonbunker aufgezogen und die Leute aus dem Ubahnausgang nur spärlich traten, da setzte er sich auf die Parkbank, die just an dem Platz montiert worden war, an dem er seinen Stammplatz im Roten Stier gehabt hatte und öffnete die erste von vielen Schwechaterdosen und prostete im Geiste der Liesl zu. Denn die Hälfte des ursprünglichen Roten Stiers war zu einem Beserlpark umfunktioniert worden. Es gab drei Bänke und in deren Zentrum einen Baum, der mittlerweile auch schon als Schattenspender agieren konnte. Anfänglich hatten sich der Navratil und der Pribal, der nun auch regelmäßig ins „Lokal" kam, über das Jungbäumchen lustig gemacht, ja umsägen wollten sie ihn einmal sogar. Doch die Zeit tut das ihrige, wenn man sie lässt und mittlerweile hatten viele Verästelungen für ein blickdichtes Laubdach gesorgt.

Josef Pribal pirscht sich gerade von der Seite an seinen langjährigen Freund heran. Es ist Montag und an der Zeit, sich die Erlebnisse vom vergangenen Wochenende zu erzählen. Auch wenn sich beide wochentags täglich sehen, das Wochenende verbringen sie getrennt. Pribal verbrachte diese beiden Tage mit Haushaltstätigkeiten, Lesen und Fernsehen. Er hat dem Alkohol nicht so zugesprochen wie Navratil. Auch trinkt Pribal nur Wein. Ein praktischer Tetrapack ist seine Tagesration. Dazu Wasser. Beides hat er in einer beigen Umhängetasche, die er neben sich unter der Bank abstellt, bei sich.

„Ah, endlich."

„Und, was gibt's neichs?"

„Nix. Ois wie immer. Irgendwer hod heut Nocht dauernd pumpert, oba i waaß ned wo. War undefinierbar. I war dann spaziern um drei. A nix los auf der Gossn um die Zeit."

„Na wos soll los sein? Uma drei?"

„Na eh nix, aber wos waaß ma, vielleicht rennt no ana umadum dem fad is. Wurscht."

„Is beim Zielpunkt in Aktion."

„Wos?"

„Na die Wurscht. Extrakranzl, minus 30 Prozent."

„Aso, mog i ned. Extrawurscht. San do ned Augen drin?"

„Geh red ned so an Bledsinn, wieso solln do Augen drin sein?"

„Hab i amoi gheat, oba i waaß nimma wo, vielleicht im Fernsehen oder wos."

„A geh, du schaust zvü fern. Olleweil die Dogomentationen. Hear auf mit dem Bledsinn, des sog i da scho seit Joan. Die mochen di ganz unruhig. Des derfst ned essen, trinken derfst a nix, aber vü sollts trotzdem sein, der Euro, die Hitz… Na, fia mi wa des nix. Es is eh wurscht, du kannst es eh ned ändern, da waaß is liaber glei goaned."

„Ja, wahrscheinlich host recht Kurtl."

„Aber du warst immer scho so ana. Du host des immer ois wissen wollen. Warum, wieso, weswegen. Wer sogt des, wieso ned anders. Is eh super, nur mir is wurscht."

„Ja, beim Zielpunkt."

„Wos?"

„Na, die Wurscht, beim Zielpunkt."

„Aso, jo, sog i jo. I werd ma ane holen. Wüst a wos?"

„Na, oder jo, a Weckerl vielleicht."

„A Weckerl vielleicht? Wos fia a Weckerl?"

„Na irgendans. Sonnenblumen oder sowas."

„Guad, Sonnenblumen oder so was. Pass daweil auf mei Wagl auf."

Kurt Navratils „Wagl", hat auch schon bessere Tage gesehen. Es ist ein ausrangierter Einkaufswagen, den er einmal vom Müllraum seiner Wohnanlage mitgenommen hat. Nun nutzt er ihn als Transportmittel, hauptsächlich für seine Tagesration an Schwechaterdosen. Am Heimweg packt Navratil auch alle möglichen Dinge ein, die er so findet. Er ist der Meinung, man kann alles irgendwann einmal brauchen. Seine Wohnung sieht dementsprechend aus. Da er die meiste Zeit hier auf der Bank verbringt, bleiben ihm oftmals nur die kalten Tage im Winter, an denen er sich um seine üppige Sammlung Kramuri kümmern kann. Da er aber ohnehin keine Gäste empfängt, ist die Unordnung daheim, kein akut zu beseitigendes Übel. Jetzt aber, ist erst einmal der Zielpunkt ein Thema. Seine Pension lässt ihn zwar nicht am Hungertuch nagen, sparsam haushalten ist ihm aber scheinbar in die Wiege gelegt. Er bringt die paar Meter zum nächsten Zielpunkt hinter sich und betritt den kühlen Supermarkt.

*

„Und, host die Extra kriagt?"

„Jo, sicher. Und dei Weckerl. Sesam oba."

„Dank da, passt . Wos kriagstn?"

„Na goa nix, nächste Runde peckst du."

„Passt. Host heut scho in die Heute gschaut?"

„Na. Les i ned; mocht deppat. Da sauf i liaba."

„Na, eh, oba do hams a Leich gfunden."

„A Leich, finden immer wieder a Leich. Is nix neichs."

„Jo, aber am Friedhof hams a Leich gfunden."

„Geh sei ned deppat. Am Friedhof san die Leichen daham. Des is ned schwer, durtn ane finden."

„Geh Kurtl, A Leich die durt ned hinghört. Woat, i les da vua." Pribal holt aus seiner Umhängetasche ein sorgfältig gefaltetes Exemplar der aktuellen Gratiszeitung „Heute".

„Also, huach zua: Der Unterstandslose Josef H. , der die Nacht auf dem Friedhof der Namenlosen verbracht hatte, entdeckte den Toten in den frühen Morgenstunden des 19. Juli. Der leblose Körper, der einen gekonnten Herzstich aufwies, war an eines der verwitterten Kreuze gelehnt worden. Papiere zur Identitätsfeststellung hatte der Tote keine bei sich. Die Polizei tappt wieder einmal im Dunkeln. Ob es sich bei dem Mord um eine religiös motivierte Tat handelt, kann nicht ausgeschlossen werden."

„A wos?"

„Eine religiös motivierte Tat."

„Wos haaßtn des? A schwoaze Mess, oder wos?"

„Na, Kurtl, i glaub des haaßt irgendwos mitn Tschihad."

„Des kann ned sei. Jihad is des mitm Kopf oschneidn. Da is ja nix gstanden von Kopf oschneidn. Des hättn die sicher gschriebn. Mit Büdl und so."

„Die schreiben des hoid so, waaßt eh. Die Leut lesen hoit gern an Bledsinn."

„Jo, die Leut; und du."

„A geh, i nimm des jo ned ernst."

„Des sogn olle. De lesn a den Playboy wegen de Artikl. Jo."

„Na ober, dass a Leich do bei uns finden. Des is scho a bissl unhamlich."

„Schau, sowas passiert andauernd und überall, jetzt do bei uns. Is guad, dann hamma a Zeit wieder a Ruah."

Kurt Navratils Feststellung sollte sich aber schon bald als fataler Irrtum herausstellen.

4 – Am Simmeringer Markt

Ein freier Tag ist, für den durchschnittlichen Arbeitnehmer, ein guter Tag. In der Regel. Natürlich gibt es auch solche, an denen einem die Decke auf den Kopf fällt und man hinaus muss. Findet man draußen auch keine adäquate Ablenkung, ist es kein guter Tag.

Für Revierinspektor Albin Kemmer ist es kein guter Tag. Er lebt seit nunmehr vier Monaten alleine und kommt damit ganz und gar nicht zu recht. Kemmer ist einerseits ein Individualist und Eigenbrötler, jemanden am Abend zu Hause vorzufinden ist für ihn aber doch eine Notwendigkeit. Auch wenn seine Frau Sonja meistens schon schlief, wenn er heimkam, war es trotzdem angenehm sich auf diese Konstante verlassen zu können. Das Eheleben der Kemmers hatte mit der Zeit seine Routine gefunden, die er aber zufrieden hinnahm. Seiner Gattin schien es auch nicht schwerzufallen, diese Routine zu akzeptieren und nach ihr zu Leben. Da beide berufstätig waren und oftmals äußerst unterschiedliche Dienstzeiten hatten, sahen sie sich nicht zwangsweise jeden Tag. Das kann eine Beziehung, die die Ehe ja darstellt, lebendig halten. Ohne Ende aneinander zu kleben, war mitunter schon oftmals der Ehe Tod gewesen. Die Gattin, die alleine auf den Hausherren wartet, findet sich auch über kurz oder lang eine Nebenbeschäftigung mit Laiendarsteller, der zumindest tagsüber, zwei bis dreimal die Woche Zeit hat. In diesem Fall aber, war dem nicht so. Zwar hatte Albin Kemmer, kurz nach der offiziellen Eheschließung am Standesamt Favoriten im Mai 2005, eine kurze und heftige Affäre mit einer Arbeitskollegin, die nicht lange, nach Beendigung selbiger, aus dem Dienst ausschied (burn out), die aber keine Spuren hinterlassen und von ihm auch schon wieder vergessen ist.

Wie es im Leben aber oftmals so ist, es kommt alles zurück. Bei Albin Kemmer kam es in Form einer halbleergeräumten Wohnung. Als er am 7. Februar die Wohnungstür aufschloss, freute er sich erst mal über das recht ordentlich wirkende Vorzimmer. Üblicherweise waren dort mehrere Schuhpaare von Sonja verteilt. An diesem Tag aber, waren gar keine hier. Das war dann aber für seinen Geschmack doch etwas zu ordentlich. Beim Rundgang durch die Zweizimmerwohnung, wusste er was Sache war, Sonja war ausgezogen, als Grund gab sie seinen Vorgesetzten, Martin Pollak an. Albin Kemmer nahm es hin. Was blieb ihm auch anderes übrig. Mittlerweile hatte es mehrere Aussprachen in den unterschiedlichsten Konstellationen gegeben, die aber alle relativ unergiebig waren. Sie wollte nicht mehr zurück, er wollte das anfangs schon, hat aber mittlerweile aufgegeben und die Situation akzeptiert wie sie ist. Eine Scheidung stand im Raum. Nun ist es aber Sonja Kemmer, die es gar nicht mehr so eilig hat. Wahrscheinlich möchte sie ihre Felle erst einmal im Trockenen wissen, quasi alle Unsicherheiten ausschalten. Sollte sie doch, er hatte Zeit.

Genauso wie an diesem Tag. Es ist Dienstag der 21. Juli. Die Sonne brennt, so wie in den letzten Wochen schon, erbarmungslos vom Himmel herunter. Albin Kemmer erwacht so verschwitzt wie er sich niedergelegt hat und sucht erst einmal den Weg zur Dusche auf. Das lauwarme Wasser erfrischt ihn und lässt ihn auch so richtig munter werden. Ohne morgendlicher Dusche ist üblicherweise mit Albin Kemmer nichts anzufangen. Er putzt sich währenddessen die Zähne, steigt dann aus der Brause heraus um sich abzutrocknen und anzukleiden. Eine kurze Hose und ein T-Shirt sollten reichen an einem freien Sommertag. In der Küche bedient er den Kaffeeautomaten, den er von Sonja zum letzten Hochzeitstag bekommen hat. Eines dieser Geschenke, die wirklich auch einen Nutzen haben. Kemmer trinkt ihn immer mit Milch und Zucker. Zwar beides nur in Spuren, trotzdem oftmals ein Anlass der andere zu Bemerkungen verleitet. Wie kann man Kaffee nur mit Zucker trinken? Oder die andere Fraktion, wie kann man nur Milch hineintun? Es ist, wie schon erwähnt, Montag und Albin Kemmer wird sich, nachdem er online über den aktuellen Zustand der übrigen Welt informiert ist, auf den Weg zum Simmeringer Markt machen, um dort die eine oder andere Notwendigkeit für den modernen Singlehaushalt zu besorgen. Kemmer wohnt an der Grenze zum elften Wiener Gemeindebezirk in Favoriten. Mit der Straßenbahnlinie sechs waren es nur wenige Stationen zum Markt. Abgesehen davon, war er in Simmering aufgewachsen und fühlte sich dort mehr daheim als in Favoriten. Als Polizist war es ihm aber nicht gestattet im selben Bezirk gemeldet zu sein, in dem er auch Dienst tat, so nutzte er den Zufall und zog mit dreiundzwanzig Jahren in die leerstehende Wohnung seiner verstorbenen Großmutter. Einer der Vorteile damals war auch, dass die Miete entsprechend gering war. Die momentanen Mieten in der Stadt, ganz gleich auch in welchem Bezirk, sind ohnedies mittlerweile unerschwinglich für ein alleiniges Durchschnittseinkommen. Wie junge Menschen, beziehungsweise junge Paare, vielleicht dann auch noch mit Kind, sich solche überteuerten Mieten leisten können sollen, ist ihm ohnehin ein Rätsel. In seinem Arbeitsalltag hat er nicht selten Einblick in Schicksale, die mit dem Tempo und den sonstigen Ansprüchen der heutigen Zeit nicht mehr so Schritt halten können. Die Hauptsache ist anscheinend, in jedem Wohnzimmer eine Play Station stehen zu haben, Zigaretten und Red Bull. Nun, Albin Kemmer kann den Lauf der Zeit auch nicht aufhalten und so schlüpft er in seine Sandalen und verlässt mit einer gelben Einkaufstasche seine Wohnung.

Am Simmeringer Markt herrscht nicht reges Treiben. Kemmer kommt gerne hierher. Es erinnert ihn an bessere Zeiten. Zwar waren er und seine Mutter so gut wie nie hier einkaufen gewesen, jedoch gibt die Umgebung zumindest das Gefühl von Geborgenheit, denn Vertrautes ist immer noch vorhanden. Am Markt herrscht nun mal eine andere Atmosphäre. Kemmer spaziert an den befestigten Buden vorbei. Richtige Marktstände, die täglich auf- und wieder abgebaut würden, gibt es so gut wie keine mehr. Hie und da sieht man sie noch, aber alle die hier fix ihre Waren feilbieten, haben schon die längste Zeit feste Stände, die sie am Abend abschließen können. Einige, wie etwa der Fleischhacker oder die Fischhandlung, kredenzen auch den einen oder anderen Imbiss. Dafür haben sie eine Handvoll Sessel und jeweils zwei Tische aufgestellt. Im Sommer nutzen sie zudem auch noch den schmalen Weg vor ihren Buden, um die Kundschaft zu versorgen. Kemmer packt soeben ein halbes Kilo roter Zwiebel, einige Erdäpfel, sowie ein ganzes Kilo Paradeiser in seine gelben Tasche. Dann macht er sich auf den Weg zum Bäcker. Er kauft grundsätzlich immer einen halben Wecken Tirolerbrot. Es hat die Eigenschaft, nicht am nächsten Tag schon hart und trocken zu sein. Bei seinem Beruf, der unregelmäßige Dienstzeiten voraussetzte, kommt das gelegen. Gebäck kauft er nur, wenn er weiß, dass er es noch am selben Tag essen wird.

Ein weiterer Vorteil hier am Markt ist, dass man so gut wie nie, lange anstehen muss. Eigentlich kommt das nur recht selten vor. Am Samstag Vormittag vielleicht, wenn doch mehr Menschen, als sonst üblich, den Markt aufsuchen. Nachdem er sein Brot besorgt hat, geht Kemmer zum Fleischhacker.

„Grüß sie."

„Ah, sie, die Polizei auch schon unterwegs."

„Nein, heut nicht, ich bin privat, sehns ja eh."

„Ja, eh. Was derfs denn sein?"

„Zwei Paar Frankfurter, bitte. Und von der pikanten Käsewurst zehn Deka."

Die Verkäuferin legt die Würstel auf die Waage, tippt etwas ein und wickelt die Frankfurter dann in Papier. Für die Käsewurst geht sie zur Schneidmaschine.

„Habens das gelesen? War gestern in der Zeitung."

„Was denn?"

„Na das müssens doch wissen, die Leich am Friedhof."

„Ja, das weiß ich. Das war am Sonntag. Am Friedhof der Namenlosen. Ich war dort."

„Na, sie warn des?"

„Gefunden hab ichs nicht. Die hat wer anderer entdeckt, aber der is dann zu uns ins Kommissariat und ich bin hin. Zur Beweisaufnahme."

„Und, waaß ma schon wers war?"

„Der Mörder, meinens wer der Mörder ist?"

„Jo, oder die Mörderin. Das ist ja heute nimma so."

„Also, soviel ich weiß, ist nicht einmal die Identität bekannt. Der Tote hatte keinerlei Papiere oder andere, erkennungstechnisch wertvolle Dinge bei sich."

„Aha, naja, interessant. Wissens, ich schneid mir solche Sachen immer gleich aus. Sehr spannend, besser als wie a Krimi im Fernsehen, die sind meistens ja eh a Schaas."

„Naja, Unterhaltung halt."

„Ja. Aber da werdens jetzt viel zu tun haben."

„Wieso?"

„Na die Leich, sie werden ja den Mörder finden müssen."

„Oder die Mörderin. Nein, das ist ja nicht mein Aufgabengebiet. Ich bin ja nur ein einfacher Revierinspektor. Das macht die Gruppe Mord."

„Aha. Na geh, jetzt hab ich beim Reden ganz die Waag übersehen. Siebzehn Deka sinds, ist zu viel, oder?"

„Lassen sies, passt schon. Nehm ich mir morgen a Semmerl mit in die Arbeit."

„Liab, danke. Darfs noch was sein?"

„Ja, gebens mir von der großen Salami da was. Die schaut so scharf aus."

„Ja, die is a schoaf. Zehn?"

„Ja, zehn."

Kemmer lässt seinen Blick durch die Vitrine schweifen. Eigentlich hatte er vor gehabt, danach noch zur Fischhandlung zu schauen, um sich heute vielleicht einen Hecht oder einen Kabeljau zu machen. Dafür hatte er auch das halbe Kilo Erdäpfel und die Zwiebel gekauft, als Basis für seinen berüchtigten Erdäpfelsalat. Kein Gatsch, mit Rindsuppe und ordentlich Pfeffer. Mayonnaise kommt ihm da nicht hinein. Jetzt sieht er aber einen recht ansehnlichen Rostbraten vor sich liegen. Mit Nudeln, wär auch etwas für heute. Zeit zum Kochen hat er ja ohnehin genügend, seitdem er wieder ein Singledasein führt.

„Geh bitte, gebens mir zwei schöne Schnitten vom Rostbraten noch."

„Kommt sofort."

Hilde Rotter verpackt gerade die Salami. Dann nimmt sie das gut zwei Kilo schwere Stück Fleisch und schneidet gekonnt zwei daumendicke Schnitten herunter. Danach legt sie die Scheiben auf die Waage, tippt den Kilopreis ein und verpackt auch diese Bestellung.

„Wollens noch was? A feine Presswurscht hät ma grad frisch."

„Eher ned, das ist nicht meins. Geht nur bei Heißhunger um Mitternacht. Ansonsten bring ich das Zeug nicht runter, selbst wenns noch so gut schmeckt. Ned bös sein."

„I bin ned bös. Jeder was er mog. Gut, das macht dann 17 Euro und 28 Cent."

„Ist eh gut wenns Fleisch teurer ist. Essen die Leute weniger davon."

„Naja, sagens des ned. Die rennan zum Penny und kaufen sich die chinesischen Contaganhendln. Das reinste Gift sag i. Mi wundert das ned, dass alle den Krebs kriagn."

„Im Grunde habens schon recht. Aber, alle kriagn den Krebs ja auch nicht."

„Viele wissens halt ned, dass den Krebs schon haben. Wenns Krebs im Endstadium haben, sagt ihna der Arzt ja eh nix mehr davon. Bei mir auf der vierer Stiagn, die Metz Hilde, der hat der Arzt gar nimma gsagt, dass in Krebs hat. Nur der Tochter hat ers erzöht. Er hat gsagt, schauens, dass die Mama no des mochen kann was gern mocht, weil lang dauerts nimma."

Kemmer weiß, dass er hier Nichts entgegensetzen kann. Er zuckt mit den Schultern und verabschiedet sich. Beim Verlassen des Geschäfts verstellt ihm aber jemand den Weg."

„Herr Inspektor, kennans mi no?"

„Ja, sie sind der Schöbitz Rudi."

„Ja, genau. Was treibt sie da her?"

„Ich geh immer da einkaufen, ich hab ja nicht weit, ein paar Stationen mitn Sechser."

„Sind sie no do am Enkplatz?"

„Nein, ich bin jetzt draußen in Albern."

„So weit weg, warens schlimm?"

„Nein, nur ich wollt ein bissl einen Weg zur Arbeit haben. Mir hat das nicht so gefallen, gleich um die Ecken wohnen und auch arbeiten. Ein bissl ein Abstand sollt schon sein, für mich zumindest."

„Ja, is eh gscheit."

„Wie geht's ihrem Bruder?"

„Naja, der sitzt immer noch."

„Ja eh, aber wie geht's ihm. Hat er sich halbwegs dafangt?"

„Naja, im Häfen is a ned so leiwand. Wissens, resozialisieren is durt drinnen sicher no schwerer als da heraußen. Aber guad, er hat jetzt zum studieren angfangen, Geschichte. A Hysteriker war er eh scho immer."

Die Geschichte von Rudolf Schöbitz ist auch die Geschichte seines um zehn Jahre jüngeren Bruders Karl Schöbitz. Karl Schöbitz hatte mit seinen 20 Jahren immer noch bei seiner Mutter gewohnt. Er war auf die schiefe Bahn geraten und seine Mutter, die das nicht mehr länger mitansehen wollte, hatte ihn nicht nur einmal zur Rede gestellt. Das letzte Gespräch hatte für sie aber zur Folge, dass er sie mit einer gerade griffbereiten Pfanne erschlug. Kemmer war damals als junger Beamter in die Wohnung geschickt worden, nachdem man den völlig verwirrt umherirrenden Karl Schöbitz im Donaupark aufgegriffen hatte. Er war geständig und leistete keinerlei Widerstand.

„Ma braucht eine Beschäftigung, das ist gut. Und wie geht's mir, naja, i bin eh gstraft fürs Leben, daweil hab i gar nix angstellt. Und in mein Alter findst da ka Hockn. Wer nimmt an scho, kurz vor Fuffzig?"

„Das ist schwer, heutzutage."

„Naja, alle reden von ana Krise. I sag, das ist einfach eine radikale Umverteilung von unten nach oben. Jetzt habens uns jahrelang das Geld ausn Taschl zogen, jeden Schmarren soll ma kaufen, Steuern zahlens eh kane, dann kriagns no Subventionen und schleichen si dann eh nach China oder Indien, oder wos waaß i denn wohin. Und jetzt, wos erna zlangsam geht, dass unser Marie kriagn, jetzt derf der Staat glei direkt überweisen."

„Ja, es is schiach, aber es kann a wieder besser werden."

„Das glaub i ned, i glaub es is zu ende. Wissens, die Banken hamma retten derfn, zu wos, wos brauch i a Bank, i hab a Bettbank zhaus, des reicht ma. Mir kennans die Oabeitslose a aufd Hand auszoin, ka Problem.

Eikaufn geh i eh nur mit dem wos i hab, die Koatn brauch i ned, die kennan sa si zwischen de Oaschbacken durchziagn. Aber nix für unguad, schee, dass ma uns troffen ham. Habt Acht, Herr Inspektor."

„Alles Gute Herr Schöbitz, es wird scho wieder, Ohren steif halten."

„Na, Herr Inspektor, außer es Gschicht a Wunder."

5 – Eine zweite Leiche

Am Freitag, den 24. Juli, genau fünf Tage nach dem Fund der ersten Leiche, entdeckt am Simmeringer Friedhof, ein Friedhofsgärtner der Firma Happelt, einen weiteren leblosen Körper. Dieses Mal lehnt er am Grabstein Nummer 27, Gruppe C, Reihe fünf. Der Tote ist nur mit einem weißen, jedoch blutverschmierten T-Shirt, sowie einer schwarzen Jeanshose bekleidet. Seine Brust weist mehrere Einstichwunden auf. Der etwa fünfzigjährige Mann macht den Eindruck, als würde er schlafen. Seine Beine sind ausgestreckt, der Kopf auf die Brust gesunken und die Haare hängen wirr ins Gesicht. Das verwirrende aber ist, er trägt keine Schuhe.

Die Beamten aus dem nahen Koat Simmeringer Hauptstraße, die zum Fundort beordert werden, benachrichtigen umgehend die Gruppe Mord, die etwa eine halbe Stunde später mit der Spurensicherung eintrifft. Inzwischen ist der Friedhofsgärtner Miroslav Dujic einvernommen, seine Schilderungen zielen aber eher auf seine Arbeit als Friedhofsgärtner ab und enthalten keine anderen, als die ohnehin offensichtlichen Informationen. Er war auf dem Weg zum Grab der Familie Dolstal, die sich vor wenigen Tagen vom Familienoberhaupt, Gregor Dolstal, verabschiedet haben und welches er nun wieder in den Ursprungszustand bringen sollte. All die Kranz- und Blumenspenden sind zu entfernen. Die Erde ebnen und den Immergrün wieder zum

Leben erwecken. Dujic führt weiter aus, wie und womit er diverse Tätigkeiten verrichtet bis die Beamten beschließen, es ist nun genügend Information von diesem Friedhofsgärtner eingeholt worden. Dujic lässt seine Personalien aufnehmen und macht sich umgehend auf den Weg zum Pistauer, ein Altwiener Wirtshaus, gegenüber dem rückwertigen Friedhofsausgang. Gleich nach, beziehungsweise vor dem Viadukt, je nach dem, von welcher Seite man gerade kommt. Zu seinem Glück ist schon geöffnet. Es ist kurz vor elf Uhr Vormittag, die Gaststube ist fast leer. An einem Tisch sitzt ein älteres Paar und an zwei weiteren Tischen sitzen je ein Mann und eine Dame. Die Tür zum größeren der beiden Speisesäle ist geschlossen, nur in den kleineren kann man hineinsehen, dort wird gerade gedeckt, wahrscheinlich für einen Leichenschmaus. Ansonsten kommen hier selten Gäste, am ehesten noch aus der Umgebung. Am Abend ein paar Fußballer, die auf der Tellwiese gerade ihr Training gehabt haben, ansonsten ist hier, abgesehen von Totenfeiern nicht viel los. Die harten Trinker stehen schräg gegenüber am relativ neuen Würstelstand von Franz Sturm, wo man einerseits dem Wetter und andrerseits dem Blutbefund mit seinen Leberwerten trotzt.

„Einen Obstler. Bitte."

„Servus Miroslav, schee dassd do bist. Scho lang ned gsehn."

„Hallo Hedi, einen Obstler bitte."

„Host es eilig?"

Sie nimmt ein Glas und hält es an den plombierten Abfüllstutzen.

„Da."

Miroslav Dujic kippt den Schnaps in einem Zug hinunter. Er atmet tief ein, hüstelt ein wenig und sagt dann: „ Ah, gut. Noch einen und ein Bier, bitteschön."

„Was isn los mit dir? Saufst di an?"

„Ja. Nein. I bin total fertig."

„Na wos isn passiert? Hams di ausseghaut?"

„Nein, nicht ausseghaut. Ich hab einen Toten gefunden, eine echte Leich!"

„Wos, wo hast an Toten gefunden?"

„Na da, am Friedhof, bei der Arbeit. Ich wollt zu einem neuen Grab und hab auf dem Weg dorthin eine Leich gefunden."

„Und, wer woas?"

„Na keine Ahnung. Ein Mann. Und überall war Blut, das ganze Leiberl."

„Oag, wos do ois passiert."

„Ja, aber das ist schon die zweite Leich."

„Du host no ane gfunden?"

„Nein, nicht ich, aber letzte Woche, hast du das nicht in der Zeitung gelesen. Draußen in Schwechat oder so, am namenlosen Friedhof. Auch eine Leiche, einfach so am Friedhof abgeladen."

„Am Friedhof der Namenlosen, ned der namenlose Friedhof. Komische Leut gibt's, bringen die Leichen söba am Friedhof. Naja, da hast dein Schnaps und ein Krügerl."

„Danke, ich brauch das jetzt wirklich, siehst wie ich zitter. Kannst mir eine Zigarette geben, Hedi?"

„Du rauchst doch gar nimma."

„Ja, eh. Aber jetzt brauch ich eine, bitte."

„Na do, nimm scho, is ok. Jetzt kannst eh no rauchen, wenn mehr Gäst da sind, musst raus oder ins Kammerl gehen."

Dujic steckt sich eine Marlboro in den Mund und zündet sie mit dem roten Feuerzeug von Hedi Burger an. Er inhaliert den Rauch tief in seine Lunge und bläst ihn dann langsam wieder aus.

„Weißt du, seitdem ich nicht mehr rauch, ist das Rauchen richtig angenehm. Früher hab ich gar nicht gemerkt, was eine Tschik so kann, jetzt spür ich das, wie eine Droge."

„Na eh, is jo super dann, oder?"

„Ja, aber ich spür die Wirkung richtig, das ist cool, so sagt meine Tochter auch immer."

„Wie geht's ihr denn?"

„Na eh ganz gut, jetzt sind halt Ferien und sie weiß nicht so recht wie sie weitermachen will. Sie hat sich zwar eine Schule gesucht wo sie hin will, aber du weißt ja, junge Menschen, einmal so, dann wieder anders."

„Aber die is eh brav."

„Ja, ist eh brav."

Miroslav Dujic hat mittlerweile sein Glas geleert. Er fühlt sich jetzt wieder etwas besser. Auf den Friedhof wird er wohl zurück müssen, um die für heute angesetzte Arbeit zu erledigen. Durch den Fund der Leiche hat er mindestens eine Stunde verloren. Das macht zwar nicht viel, doch Dujic ist ein gewissenhafter Mitarbeiter und somit möchte er alles korrekt und zeitgerecht erledigt haben. Er verabschiedet sich von Hedi Burger und verlässt das Lokal. Burger gibt die benutzten Gläser in den Korb der Spülmaschine und leert den Aschenbecher mit einem Pinsel. Dann stellt sie ihn wieder hinter die Bar. Es ist für sie auch nicht immer einfach gewesen. Geklagt hat sie nie. Auch nicht, als sich ihr siebzehnjähriger Sohn das Leben nahm. Aus welchem Grund genau, kann nicht wirklich festgestellt werden, das ist wahrscheinlich ihr größtes Drama; so kann sie sich nicht einmal Vorwürfe machen. Damals hat sie kurz wieder zu trinken begonnen. Zielführend ist das nicht gewesen und als Kellnerin macht es auch nicht den besten Eindruck. Ein guter Dealer ist nie auch selbst Junkie. Sie hörte damit auf und lebte ihr Leben einfach weiter. Es verändert ohnehin nichts zum Besseren, wenn man sich hinunterziehen lässt. Und so eigenartig es auch klingen mag, hier zu arbeiten, gegenüber der letzten Ruhestätte ihres Sohnes, ist für sie eine gewisse Erleichterung. Jetzt weiß sie zumindest ganz sicher, wo er sich gerade aufhält.

6 – Alt Simmering/Ostbahn

„Die ham wieder a Leich gfunden am Friedhof."

„Was, noch eine?"

„Ja, aber in Alt-Simmering, ned da bei uns."

„Wann war des?"

„Na gestern, a Friedhofsgärtner hats entdeckt. Lahnt afoch an einem Grabstein. Männlich, zirka fünfzig Jahre und mehrere Einstichwunden in der Brust."

Es war Samstag, der 25. Juli. Albin Kemmer hat gerade seinen Dienst angetreten und wird etwas unorthodox von seinem Kollegen Helmut Krisch über die neuesten Ereignisse im Bezirk informiert.

„Hat unser Leich ned nur a Einstichwunde am Rücken gehabt."

„Ja, ich glaub schon, aber ich war ja ned im Dienst. Du warst außerdem eh dort."

„Ja, ich erinner mich eh. In der Brust war nix. Und weiß man Genaueres?"

„Genaueres? Über welche Leich, unsere oder die andere?"

„Die neue natürlich."

„Na, nix Genaues. A Mann halt. Hat keine Papiere bei sich ghabt, Geld auch nix. Wahrscheinlich hams dem sei Taschl zogn, damit ma uns schwer tuan."

„Freundlich. Aber die denken heut a an alles. Das Fernsehen machts möglich. Da lernst ja direkt auf was du aufpassen musst. Und unser Leich, weiß man von der schon mehr?"

„Na, da hab i goa nix ghört. Aber da ermittelt ja die Gruppe Mord, die werden uns nix auf die Nasen binden. Fia die samma ja eh nur Wappler."

„Möglich, vielleicht hast recht, und sonst was?"

„Sonst is ollas ruhig. Saure-Gurkenzeit wia ma sagt. Auf die Griller muaß ma aufpassen, wegen der Hitz, weils ja scho ewig ned gregnt hat. Und seit Mittwoch is ja Grillverbot in Wien. Aber die Leut san manchmal so deppat, denan is das wurscht. Die ham ka Ahnung was allanich scho a Tschik machen kann. Sonst aber is nix. Aber da heraußen ists eh relativ ruhig."

„Ja, mir is es eh manchmal zu ruhig."

„Was hör i da, willst weg?"

„Ich weiß ned genau, aber wie i am Enkplatz war, da war no was los. I bin ja nur wegen der Wohnung da herunten. Damit i ned gleich um die Ecken a no wohn. Da kommst ja dann nie aus dein Grätzl raus."

„I versteh di scho, aber a ruhige Kugel hat a wos."

„Du bist a richtiger Beamter."

„Eh, einer der letzten die pragmatisiert worden san."

„So a Glück für di."

„Jo, mir kann nix mehr passieren, so deppat kann i mi gar ned anstellen."

„Da könntest recht haben. Na guat, mit wem fahr i die erste Runde?"

„Mitn Smihalek, der is grad am Häusl. Was Foisches gessn oder was. Er hod gsogt: da rührt sich was in mir und is weg."

„Na Mahlzeit, Leut san do herin."

Kemmer und Smihalek sind mit ihrem Dienstwagen unterwegs. Es herrscht der Samstagvormittagsverkehr.

Einkaufsverkehr sozusagen. Die beiden biegen in die Landwehrstrasse ein um beim Huma eine Pause einzulegen. Sie stellen den Wagen am Einkaufsparkplatz ab und begeben sich zur Hendlgrillstation. Aus einem Anhänger verkauft ein Mann mit roten Backen und dicken Schweißtropfen auf der Stirn halbe Grillhendl mit Erdäpfelsalat oder Semmel. Das halbe Hendl kostet 3 Euro 50.

„Machen sie bei dera Hitz überhaupt a Gschäft?"

„Sicher, Herr Inspektor, die Leut ham an Hunger. Gfressn wird immer. Wollens a a Hendl."

„Klar, mit an Erdäpfelsalat, bitte. A Halbes."

„Fia mi a."

„Bitte sehr, kommt sofort. Zwei knusprige Grillhenderlhälften für unsre Polizei."

Kemmer bezahlt für beide, nimmt die Pappendeckelteller mit den halben Hendln und reicht einen davon Smihalek. Der nimmt ihn und beide setzen sich an einen der aufgestellten Tische."

„Meine Herren, den Salat hams vergessen."

„Ajo, danke."

„Wollens was trinken a?"

„Hams an Almdudler?"

„Natürlich, österreichische Wirtschaft, muaß ma unterstützen."

Der von der zusätzlichen Hitze im Grillwagen gezeichnete Verkäufer holt zwei Dosen Almdudler aus seiner Kühlvitrine und stellt sie den Beamten auf den Tisch.

„Geht auf Haus, meine Herren."

„Danke."

„Derf ma des nehmen?"

„Wieso?"

„Na is des ned „anfüttern"?"

„Na, des Essen haben wir ja eh selbst zoid. Des wär höchstens antrinken. Und antrinken derf ma uns im Dienst ja ned, also trink ma Almdudler, kennst di jetzt aus?"

Das Gespräch findet in dem Moment ein jähes Ende, als die Hendlteile in die Münder der beiden Beamten wandern. Es wird einige Minuten lang kein Wort gewechselt. Bei der Hälfte seines Mals öffnet Kemmer den Almdudler und trinkt einige Schlucke. Bei dieser Hitze ist jegliche Kühlung eine Wohltat, vor allem wenn sie von innen her geschieht. Smihalek tut es ihm gleich.

„Was glaubst du, wos die Leichen zu bedeuten haben?"

„Du manst die zwei am Friedhof?"

„Ja, gibt's no andere?"

„Ich glaub, die hat man dort abgeladen um die Spuren zu verwischen."

„Ja, kann scho sein. Und so praktisch, glei am Friedhof."

„Ja eh, das is jetzt aber a nimma so lustig. Aber wieso grad die zwa Friedhöfe?"

„Keine Ahnung. Vielleicht die Russenmafia?"

„Wieso des jetzt?"

„Naja, auf der Durchreise. Autobahn is ja glei daneben."

„Und warum dann die zweite in Alt-Simmering?"

„Keine Ahnung. Wird ma wahrscheinlich eh nie wissen."

„Wieso?"

„Naja, die Leich hat nix bei sich und wenn die was aussagfunden hätten, dann gäbs zumindest a Meldung.

An Aufruf, wer kennt den oder sowas. Aber bis jetzt war no nix und die haben die Leich jetzt seit ana Wochen. Prints wären scho ausgewertet und DNA bringt nur wos, wennst a was zum Vergleichen hast. Und in dem Fall, wär des a Zufall."

„Könntest gar ned so unrecht haben. Hört sich plausibel an. Aber vielleicht findens ja was."

„Naja, was denn? Die Schmäh ausn Fernsehen, wos des Gwand zerfleddern und dann herausfinden wo ers kauft hat, ois a Bledsinn."

„Ja, das weiß ich eh, aber vielleicht ergibt si ja was."

„Ja, vielleicht sieht ma den Täter bei der nächsten Lieferung. Aber wo?"

Smihalek wischt sich mit der Serviette über den Mund, trinkt die letzten Schlucke Almdudler, und steht, genau so wie Kemmer auf. Die beiden werfen ihre Pappendeckelteller, das Plastikbesteck und die Plastikschüsseln vom Erdäpfelsalat samt den beiden Getränkedosen in den dafür vorgesehen Mistkübel. Dann nicken sie dem immer noch vor Schweiß glänzenden Hendlgrillmeister zu und gehen in Richtung Parkplatz.

Um 19 Uhr ist Dienstschluss. Kemmer, der ohnehin niemanden hat, der zu hause auf ihn wartet, möchte auf den Alt Simmeringer Friedhof. Warum genau, weiß er selbst nicht so recht. Möglicherweise weil diese Sache ein wenig mysteriös auf ihn wirkt und vielleicht, weil sein Arbeitsalltag sonst nicht solche Besonderheiten bereit hält. Wie gesagt, er weiß es selbst nicht so recht. Am Nachmittag hat er sich noch im Koat auf der Simmeringer Hauptstraße telefonisch erkundigt, wo die zweite Leiche denn genau aufgefunden worden ist. Nun fährt er mit der Autobuslinie 66A die Kaiser Ebersdorfer Straße entlang und ist insgeheim etwas aufgeregt. Bei der Station Unter der Kirche steigt er aus. Über ihm, auf einer leichten Anhöhe, thront St. Laurenz, die Pfarrkirche von Altsimmering. Im Krieg war dort die Stalinorgel aufgestellt. Fast zweitausend Jahre vorher ein römischer Wachturm. Und nun ist er da, um herauszufinden warum jemand hier eine Leiche abgelegt hat. Kemmer überquert die Fahrbahn und geht an der roten Ziegelmauer vorbei, die den Friedhof zur Straße hin abschirmt. Die Mauer selbst ist nicht allzu hoch, gerade nur so, dass man eben nicht hinüber sehen kann. Uneinsichtig also. Es wäre ein Leichtes sie zu überwinden. Kemmer kommt zum Haupttor. Es ist noch geöffnet. Im Sommer, wo es länger hell ist, hat auch der Friedhof länger offen. Er hat anfänglich einige Mühe das richtige Grab zu finden, steht dann aber recht unerwartet doch schnell davor. Es ist die letzte Ruhestätte der Familie Holzinger. Die Spurensicherung war da gewesen und hatte routinemäßig alles in der unmittelbaren Umgebung durchsucht, fotographiert und mögliche Beweise mitgenommen. Was soll er da noch finden. Kemmer findet auch nichts. Und er hat gehofft, würde er hier letztendlich stehen, würde ihm auch klar werden, warum er unbedingt seinen Feierabend hier beginnen will.

Kemmer sitzt nun jetzt schon seit zwei Stunden an der Bar vom Pistauer. Er hat den Rest seines dritten Bieres vor sich und keine Idee was er noch tun will. Heimgehen will er noch nicht, betrinken will er sich aber auch nicht wirklich. Er hat jetzt zwar zwei Tage frei, aber den Sonntag verkatert auf der Couch vorm Fernseher zu verbringen, dazu noch bei so einer Hitze, ist keine angenehme Aussicht. Der letzte Gast, abgesehen von ihm, ist gerade gegangen. Er dürfte schon um einiges länger als Kemmer dagewesen sein, es war an seinem etwas schwankendem Gang zu sehen. Kemmer trinkt sein Glas leer und deutet der Dame, die gerade mit ihrem Handy beschäftigt ist, dass er noch eines möchte.

„Na, sie haben aber an Durscht. Es ist jetzt zwanzig vor zehn. Wir sperren um zehn zu, schaffens des?"

„Wird zum Schaffen sein."

„Saufens ihna an?"

„Ned wirklich. Nur, wenn zhaus niemand wartet, weiß ma nie genau, wann ma gehen muss."

„Da kann man wenigstens nie zspät kommen. I kumm a nie zspät ham. Scho lang nimma."

Kemmer schaut von seinem Bier auf und denkt bei sich: schaut nicht so aus, als wär die lang allein. Die Hauptsaison ist bei der zwar schon vorüber, aber wenn das die Nachsaison ist, da wären andere noch neidisch.

„Was denkens denn?"

„Nix."

„Wieso glaub i ihna des jetzt ned?"

„Ich weiß nicht. Weils hellsehen können?"

„I bin die Hedi."

„Hedi?"

„Ja, wie die Hedy Lamarr. Nur mit an I statt dem Ypsilon!"

„Ja, die kenn i. Des is die mitm Busen."

„Ja, die mitm Busen. Sehns, des is das Drama heutzutag. Jeder waaß glei wenn irgendane ihre Tutteln herzagt, sonst aber nix."

„Klärens mich auf."

„Die Hedy Lamarr war eine der ersten ‚die ihrn Busen herzagt hod in an Füm, da habens schon recht. Die Hedy Lamarr hod aber a des sogenannte Frequenzsprungverfahren erfunden, damit die Amis schneller den Kriag gwinnen. Quasi a Widerstandskämpferin."

„Wos sie alles wissen."

„Naja, mei Mutter hat mir das erzählt. Die wollt, dass i die Hedi bin. Weils gmant hod, man kann Tutteln und a Hirn haben."

Kemmer ist gerade etwas verlegen. Hedi spricht sehr offen Dinge an, die ihm ohnehin schon die ganze Zeit über ins Auge stechen.

„Und, ham sie a an Namen?"

„Albin."

„Albin?"

„Ja, klingt jetzt ned so verführerisch."

„Na, ned. Aber wie a Albin schaun sie eh ned aus."

„Wie schaut a Albin aus?"

„Najo, vü fader als sie."

„Da hab i ja grad noch ein Glück gehabt."

Kemmer und Hedi trinken ein weiteres Bier miteinander. Die Sperrstunde muss heute wohl nicht so strikt wie sonst eingehalten werden. Beim Abschließen schaut Hedi Albin Kemmer vielversprechend in die Augen und meint:" Ned, dass sie glauben i hupf mit jedem glei ins Bett, aber ich glaub des tät uns beiden jetzt ganz guad, i hab ned weit."

„Danke, heute ned."

„Ok, kein Problem sie Gentleman. Aber nicht später einmal beschwern, ned sagen, sie hätten a Chance vergeben."

„Nein, eh nicht."

So gehen beide wieder in ihren Abend zurück, in entgegengesetzte Richtungen. Kemmer geht am hinteren Eingang des Friedhofs vorbei und entscheidet, dass er heute zu Fuß zum Sechser gehen wird. Unterm Viadukt durch, die Rappachgasse entlang, dann die Krausegasse bis zum Ekazent Simmering. Vor dem mittlerweile geschlossenen Tor ist ein großer Platz mit einigen Bänken. Daneben ist ein Stand, der einschlägiges Publikum anzieht. Eine Handvoll Männer, die allesamt recht angeheitert wirken, stehen um einen Tisch herum und trinken Bier aus Flaschen. Einer von ihnen trägt eine weiße Schürze, mit großer Sicherheit handelt es sich um den Eigentümer, des Standes. Kemmer geht weiter. Er hat jetzt keine Lust sich hier umzuhören, ob jemand vielleicht etwas gesehen hat. War einer der herumstehenden Rudolf Schöbitz? Es ist schon zu finster und auch egal. Es ist Abend, ja fast schon Nacht. Nacht in Simmering. Keine gefährliche Zeit, die Protagonisten, die diese Szenerie aber bevölkern, können bei den braven Bürgern des Tages, schon das eine oder andere ängstliche Gefühl auslösen. Die meisten sind aber ohnehin zu hause und die Nachtschwärmer sind solche Szenen gewöhnt. Hedi wird auch gleich zu hause sein, noch vor ihm.

7 – Rudolfstiftung

Es ist Sonntag. Eine Woche nach dem Leichenfund am Friedhof der Namenlosen. Der pensionierte Tramwaylenker Gerald Wessely, ein notorischer Frühaufsteher, befindet sich, kurz vor sechs Uhr, auf seinem täglichen Morgenspaziergang. Einerseits ist zu dieser Stunde, und vor allem am Sonntag, so gut wie niemand unterwegs und andrerseits gibt es noch Zeitungen, in den am Vortag postierten Plastiktaschen. Er holt sich, wie schon seit Jahrzehnten, eine Krone und wirft auch die dafür erforderlichen Münzen ein. Gfladert wird bei ihm nicht einmal die Zeitung. Ein weiterer Vorteil der frühen Stunde ist, dass er seinen Hund „Deschek" frei laufen lassen kann. Das darf er zwar nicht, doch wo kein Kläger, da kein Richter. Seine übliche Route führt ihn von seiner Wohnadresse in der Kaniakgasse, rechts die Ravelinstrasse entlang, am hinteren Eingang des Alt Simmeringer Friedhofs vorbei, die Lautenschlägergasse hinauf bis diese wieder in die Kaniakgasse zurück zu seiner Wohnung führt, die er seit mittlerweile fünfzig Jahren bewohnt. Und das alleine. Seine Frau war schon in den Achtziger Jahren ausgezogen, zu einem anderen, wie er immer wieder erzählt. Die genauen Umstände hat er mittlerweile selbst schon vergessen.

Deschek ist grundsätzlich gute zwanzig Meter voraus. Schnüffelt sich durch die Gegend und markiert hie und da, wenn es notwendig ist. Auf einer der Bänke, neben „Sturms Würstelbude" schläft ein Obdachloser. Für Deschek eine interessante Beobachtung und auch ein neuralgischer Punkt, der markiert gehört. Gerade noch rechtzeitig bemerkt Wessely Descheks Ansinnen und pfeift ihn zurück. Der Hund möchte aber nicht, zumindest tut er nicht so wie ihm geheißen. Gerald Wessely muss also selbst seinen Hund wieder auf den richtigen Pfad führen. Er geht zu Deschek und will ihm am Halfter, sanft aber bestimmt, weiterziehen. Da bemerkt er, dass unter der Bank auf der der offensichtlich Obdachlose schläft, eine größere Blutlacke ist. Wessely holt automatisch sein Handy, er verlässt sein Haus niemals ohne Mobiltelefon („ma, waaß jo ned was passiert"), aus der Jogginghose und wählt die Kurzwahl 5, unter dieser hat er die Nummer der Rettung eingespeichert. Diese trifft, wahrscheinlich auch aufgrund der frühen Stunde, relativ rasch, nach sieben Minuten Wartezeit ein. Der auf der Bank liegende Mann weist eine größere Platzwunde am Hinterkopf auf, ist aber noch am Leben. Das Bild, das sich den Einsatzkräften bietet, wirkt dramatischer als es im Endeffekt ist. Der Verletzte wird ins Krankenhaus Rudolfstiftung gebracht, dort werden am Nachmittag zwei Polizeibeamte vorstellig, um die Umstände der Verletzung unter die Lupe zu nehmen. Jetzt aber, nachdem auch Wesselys Personalien von der mittlerweile eingetroffenen Funkstreife aufgenommen worden sind und er auf die Leinenpflicht ausdrücklich hingewiesen wird, setzen er und sein Hund ihren unterbrochenen Morgenspaziergang fort.

Am Montag ist Albin Kemmer wieder in Simmering. Es ist sein zweiter freier Tag und er ist gerade im Ekazent gewesen. Früher war er öfters dort, vor allem in dem kleinen Plattengeschäft, das sich am hintersten Ende befunden hatte. Es ist der Grundstock seiner mittlerweile aufgelösten Sammlung gewesen. Jede finanzielle Zuwendung von Großeltern und Eltern hat er dort abgegeben um sich die begehrten Stücke nach hause zu holen. Manches Mal war die Herkunft der Scheine wohl nicht ganz so sauber wie die frisch gekauften Schallplatten; das ist aber lange her und kann als Jugendsünde abgeschrieben werden. Und auch hier ist die Veränderung, die der Umbau der Simmeringer Hauptstraße mit sich gebracht hat, deutlich spürbar. Die meisten Geschäfte sind geschlossen und wieder neu eröffnet worden, der ganze Komplex ist nun um einiges größer als vorher und nun sieht es hier, genau so wie in allen anderen Shoppingcentern aus. Modern, sauber und charakterlos. Kemmers Weg an diesem, wie schon die letzten Wochen, äußerst heißen Sommertag, mag etwas nostalgisch sein. Er geht die Simmeringer Hauptstraße entlang Richtung Enkplatz, passiert das ehemalige Papiergeschäft Ratz und kommt dann zur Raiffeisenbank, deren Eingang mittlerweile am Eck liegt. Nach einem Straßenbahnunfall Ende der 90iger Jahre, bei dem ein Zug entgleist, und durch die Mauer in die Filiale gebrochen war und dabei einen Angestellten erdrückt hat, war aus der Not eine Tugend gemacht worden und die ungewollte Öffnung zum neuen Eingang umfunktioniert worden. An der Stelle, an der der Mitarbeiter bei Ausübung seines Dienstes sein Leben hatte lassen müssen, ist nun ein unübersehbares Kruzifix angebracht. Gegenüber des neuen Eingangs hat sich, bevor die Simmeringer Hauptstraße im Zuge der Ubahnverlängerung neu gestaltet worden ist, ein weiteres Plattengeschäft befunden. Die Musikstube. Sie hat, ebenso wie der „Rote Stier", den Stadtplanungsprojekten weichen müssen. Die Ablösen waren bezahlt und die Menschen sich selbst überlassen worden. Heute kauft ohnehin niemand mehr Platten und Alkohol war auch beim Penny in rauen Mengen verfügbar.

Auf einer der Bänke gegenüber erkennt Albin Kemmer den mittlerweile pensionierten Schlosser Kurt Navratil. Der sitzt, wie erwartet, mit einer Dose Schwechater und seinem Einkaufswagen neben seinem langjährigen Freund, dem ebenfalls pensionierten Einzelhandelskaufmann Josef Pribal. Pribal hat eine Einkaufstasche bei sich, in der sich wohl ein Tetrapack Weißwein befindet. Es ist ein Verdacht, der sich aber bei einer näheren Untersuchung erhärten würde.

„Meine Herren, wie geht's?"

„Ah, der Herr Inspektor. Gengans spazieren?"

„Ein bissl. Schauen was sich so tut."

„Na a ganz a Haufen."

„Ja, immer was los."

„Mhm, früher war da no a Ruah. Da hamma auch noch eine Tür gehabt."

„Ja, a Tia und an Tisch und a Glasl. Sehns was aus uns worden is."

„Naja, sie sitzen ja freiwillig da. Konsequent, muss man schon sagen."

„Ja, oder stur." Pribal lacht. Navratil grinst, setzt zum Lachen an, hustet aber.

„Sehns, Herr Inspektor. Wenn ma huascht, dann muass ma ane rauchen. Da zeigt der Körper, es ist nicht mehr gut genug geteert."

„Ist aber auch nicht das gsündeste."

„Möglich, nur was is scho gsund heut? Wissen, früher, da hat ma si kane Gedanken über solche Gschichtn gmocht. Da hat ma glebt, dann is ma gsturbn. Heut fiacht ma si zu Tode."

„Das hat schon was Wahres, a bissl aufpassen schadet aber ned."

„Aufpassen, naja, a haßes Pflosta des Simmering; in letzter Zeit zumindest."

„Wieso, was meinens damit."

„Naja, ma hört so einiges. Die Leichen die da umadumliegen."

„Ist aber eher was seltenes. Und, dass es passiert, kann man eigentlich nicht verhindern. Irgendwo gibt's sowas immer."

„Ja eh, Herr Inspektor. Und des mitn Rudi, den kennans ja eh den Rudi."

„Den Rudolf Schöbitz?"

„Ja, genau den man i."

„Den hab ich erst letzte Woche getroffen, oben am Markt."

„Ja, jetzt kennans erm im Spital besuchen."

„Wieso das?"

„Na den hat wer niederghaut."

„Wieso das, was ist passiert?"

„Was soll großartiges passiert sein? Heut bringans an jo scho fia zwa Euro um. Die Zeit is nimma normal."

„Ist er überfallen worden?"

„Nix genaues waaß ma. Gestern hot erm ana gfunden, in der Fruah. Beim Friedhof unten."

Hat Kemmer selbst nicht Rudolf Schöbitz gesehen, als er am Samstagabend vom Pistauer kam. War es ein Zufall gewesen? Er verabschiedet sich und macht sich weiter auf den Weg. Er wird heute den Fisch kaufen, den er eigentlich schon letzte Woche machen wollte. Zu hause wählt er die Nummer seiner Dienststelle. Er möchte wissen, wohin Rudolf Schöbitz gebracht worden ist. Die Antwort lässt nicht lange auf sich warten, und so macht sich Albin Kemmer auf zur Rudolfstiftung. Er erkundigt sich auf welcher Station und in welchem Zimmer Schöbitz derzeit liegt. Dort angekommen, wechselt er ein paar Worte mit dem zuständigen Arzt. Rudolf Schöbitz fehlt im Grunde nicht viel. Er hat eine Platzwunde am Hinterkopf und eine leichte Gehirnerschütterung. In ein paar Tagen sollte alles erledigt sein. Der Arzt, Dr Sanshani möchte Rudolf Schöbitz noch zumindest die nächsten drei Tage zur Beobachtung dabehalten. Das aber nur, weil die Kapazitäten derzeit nicht ausgeschöpft sind. Es ist also Platz genug und die Betten werden nicht so dringend benötigt wie ansonsten. Dann geht Kemmer zu Schöbitz. Er hat eine Flasche Cola und eine Tafel Schokolade mit. Beim Betreten des Zimmer wird er schon lauthals begrüßt.

„Herr Inspektor, was machen sie da?"

„Ich schau nach wies ihnen geht. Wir sehen uns a Ewigkeit nicht, und dann treffen wir uns zufällig und a poa Tag später machen sie sowas."

„I hab ja nix gmacht, Herr Inspektor."

„Was war denn los? Wie is denn des passiert?"

„I habs ihnan Kollegen eh scho gsagt, i waaß ned. Irgendwer hat mi niederghaut von hinten. I waaß a ned warum."

„Ein Raub also?"

„Naja, eher ein versuchter Raub, weil was wü ma bei mir scho rauben. I hab ja nie mehr als zehn, fuffzehn Euro eisteckn."

„Naja, das wissen die andern ja nicht."

„Ja, aber schau i so reich aus? I maan, schiach bin i ned, aber reich?"

„Naja, da habens schon recht. Und sie wissen wirklich nicht wer das gewesen sein kann? Jemand aus der Runde vorher?"

„Was fia a Runde?"

„Na sie waren doch beim Würstelstand, beim Friedhof."

„Woher wissens jetzt des?"

„Ich war auch da, also ich bin vorbei gegangen, da hab ich sie gesehen. Ich war mir nicht sicher, aber jetzt bin ichs."

„Na, die san olle scho ham. Und außerdem san des olles Hawara. Da macht des kana. Die san zwar a olle nega, aber die wissen, dass bei mir nix zum hoin gibt."

„Ist das nicht ein bissl weit, von ihrer Wohnung?"

„Sie wollen wissen warum i durt ummadumhäng?"

„Naja, sie wohnen ja beim Markt oben."

„Ja, aber durt unten is des Grab von meiner Mutter. Deswegen. Und wenn i hingeh, dann bleib i hängen, verstehens?"

„Ja, das leuchtet mir ein. Naja, schade, dass nichts gsehn haben."

„Ja, is eh nix passiert. Kumm eh boid wieder ham."

„Ein paar Tage solltens aber schon noch bleiben."

„I waaß eh, aber des is a Wahnsinn da herin. Sowas von fad und neben an, siechens dahin. Wie soll ma do gsund werdn oder si erholen. Und des Essen, Herr Inspektor, des Essen is a a Wahnsinn. Da wü ma fast fasten."

„Ich hab ihnen eh was mitgebracht."

„Chips, ja des geht, die schmecken wenigstens nach was. Der Koch da herin, muass wos gegens Salz haben. Und wissens eh, a Essen ohne Salz, des schmeckt wia eigschlofene Fiaß. Aber a Cola, i waaß ned, a bissl siass. Aber danke, sie san echt a Lichtblick da herin. Und wenns den Bücha gfunden ham, dann legns erm ane auf von mir."

„Mach ich, aber die Chancen stehen da nicht so gut, vor allem, wenns niemanden gesehen, und auch keinen Verdacht haben."

„Naja, was soll ma machen. Aber trotzdem, danke Herr Inspektor."

Kemmer wird den Eindruck nicht los, dass Rudolf Schöbitz mehr weiß, als er zugibt. So etwas kommt zwar öfters vor, wenn Straftaten im Freundeskreis begangen werden, es ist aber eine ungute Situation, vor allem als Polizeibeamter, wenn man eine Ahnung hat, aber nichts tun kann.

*

„I muass do ausse, Schwester."

„Herr Schöbitz das geht nicht. Sie haben eine Kopfverletzung, das müssen wir noch eine Weile beobachten."

„Aber geh, des beobacht i söba. I merk des früher als sie, ob mir der Schädel brummt."

„Schauens Herr Schöbitz, jetzt legens ihna wieder hin, kommt ja eh gleich das Essen."

„Ja, des hod ma grad no gföht. Essen is des bei Weiten nicht. Ja, ma kanns essen, wenn ma sunst nix hat, aber freiwillig isst des kana."

„Na gehns, so schlecht ist es aber auch wieder nicht. Es ist ausgewogen und nicht zu schwer, das schadet ihnen sicher nicht, wenns einmal ein bissl was gsundes essen."

„Wollen sie sagen i bin blad?"

„Nein, sie sind überhaupt nicht dick; sie waren sicher ein kleiner Adonis in jüngeren Jahren."

„Genau, und sie warn in jüngeren Jahren no gar ned auf der Wöd, zumindest ned in meine jüngeren Jahre."

„Herr Schöbitz, jetzt legns ihna aber bitte wirklich wieder hin, ich muss sonst den Herrn Doktor Sanshani rufen."

„Na, lassens erm, der hat sicher was Wichtiges zum tuan."

Rudolf Schöbitz hat sich in der Zwischenzeit angezogen. Seine verschwitzten Kleidungsstücke hängen säuberlich geordnet in dem kleinen Kasten an der Wand neben der Tür seines Spitalzimmers. Vorgestern ist er frühmorgens eingeliefert worden, jetzt will er wieder weg. Sein Kopf tut ihm nicht mehr weh und gerade ist er damit beschäftigt, den Verband abzunehmen. Dann geht er auf die Schwester zu, gibt der verdutzten Pflegerin die Hand und sagt: „danke, aber andere brauchens dringender als i.

I brauch jetzt dringend a Bier und was gscheites zum Essen. Aber vorher foah i ham und ziag mi um, mit dem Gwand trau i mi eigentlich ned auf die Gassen."

„Sie haben eine Wohnung?"

„Was haben sie glaubt, dass i im Parlament schlof?"

„Nein, aber-"

„Sie haben glaubt i bin a Sandler? Na, bin i ned. I hab a Wohnung, da drin is a Bett, a Fernseher und a Kuchl, Häusl hab i a ans. Was braucht ma mehr, a Hocken wär leiwand, aber in mein Alter. Aber jetzt wird's eh besser, werdens sehn. I kumm murgen wieder und dann gemma auf an Kaffee."

„Auch wenns ihnen jetzt besser geht, bleibens noch da, glaubens mir, es kann immer was sein."

„Sie sagen es, es kann immer was sein. A dann, wenn i murgen erst geh. Aber i geh jetzt."

Rudolf Schöbitz ist konsequent. Er geht. Schwester Walcher schaut ihm ganz perplex nach. Es wird ihr nachher einen Anschiss von Dr Sanshani einbringen, einen Patienten einfach so gehen zu lassen. Laut

Checklist wäre das Procedere ein völlig anderes gewesen. Aber was soll man machen. Morgen wird die ganze Geschichte schon wieder vergessen sein. Schöbitz macht sich mit der Straßenbahnlinie 71 auf den Heimweg.

*

„Serwas Sturmi."

„Ah, serwas Rudi. Wie geht's da, von dir hört man ja schlimme Gschichten."

„Aber geh, eh alles in bester Ordnung."

„Du, mir haben uns scho Sorgen gmacht."

„Geh, drei Tag im Spital, die bringen mi a ned um."

„Des ned, aber a Sta am Schädl."

„Macht mi nur härter. Na Leitln, es geht mir gut, man könnte sogar sagen, der Kurs ist noch gestiegen."

„Geh red ned so kryptisch. Mit der Börse kannst di bei uns glei schleichen. Olle hackenstad und kriagn Müllionen fürs nix tuan. Rudi, was wüst, a Bier?"

„Jo, gib ma Flascherl. Und a Eitrige, im Spital kriagst zwar viermal am Tag was zum Essen, aber des schmeckt wia hinich."

„Eh, so a Eitrige vom Sturmi kann scho wos."

„Brot oder Semmerl?"

„Geh gib ma a Brot, i brauch was zum Erden."

*

Als Peter Sturm am nächsten Morgen seinen kleinen Imbiss aufsperren möchte, bemerkt er, dass in der Nische neben der Eingangstür, eine Person zusammengesunken kauert. Als er sich hinunterbeugt sieht er sofort, dass es sich dabei um Rudolf Schöbitz handelt. Dieser trägt das selbe Hemd vom Vortag, nur, dass es jetzt blutverschmiert ist und mehrere Einstiche aufweist. Sturm muss sich umgehend übergeben. Dann ruft er die Polizei.

8 – Mehrere Wege ins Paradies

„Jetzt bist in Simmering a nimmer sicher. I man, dass bergo geht, wiss ma jo eh scho die längste Zeit. Auf der Simmeringer Hauptstroßn kannst da an jeder Eckn an Kebap kaufn oba a Leberkassemmel kannst suachn. Ok, soll so sein. Friss i a an Kebap. Waaßt, wie i a Bua woa, war Samstag zwölf Uhr Zapfenstreich. Da hams die Gehsteig bis Montag in der Fruah wieder hochklappt. Da hat ka Gschäft mehr offen ghabt. Der Konsum vielleicht no bis um ans, aber dann war Sendepause. Na guat, klane Gschäftln gibt's heit eh nimma, die san olle zua, dafia mocht jede Wochn a neichs Wettlokal auf. Solln si olle schleichn die Trotteln, mei Marie kriagns ned. Und wos is jetzt auf amoi los, olle poa Tog a Leich. Zerscht der do unten in Albern und jetzt kommens immer näher."

„Geh Karli, reg di ned auf. Das is a Zufall"

Karl Primmer lässt wieder einmal seinen Tag bei Josefa Toman ausklingen. Heute aber ist er alleine da. Elke Jirkal liegt daheim im Bett mit einer leichten Sommergrippe und sieht sich Rosamunde Pilcher Verfilmungen auf Video an. Sie hat seit den 90ern jeden Film aufgenommen. Karl Primmer ist nicht so sehr Fan von den romantischen Liebesschnulzen, zumindest nicht nüchtern. Also bereitet er sich auf den Abend vor. Er trinkt sein viertes Krügel Bier und raucht dazu wie ein Schlot.

„Heut rauchst aber mehr als sonst."

„Muass i a. Die Elke is krank und da kann i zhaus ned."

„So kenn i di ja goa ned. A Gentleman, Wunder spüns also doch no."

„Aber geh, die regt si jo immer glei auf. I wü mei Ruah daham. Sitz i liaber do und tua vorraucken."

„Quasi auf Depot."

„Jo. Host du den Rudi kennt?"

„Na, oiso ned persönlich, eher nur von Erzählungen."

„So interessant war der aber a ned."

„Na, aber sei Bruder. Der hat ja die Mutter daschlogn."

„A wüde Gschicht, gö?"

„Na schiach is das. Die eigene Mutter, wies sowas geben kann."

„Ollas gibt's. Aber trotzdem oag, gegen die eigene Mutter erhebt ma ned die Hand. I hab no Sie gsogt zu meine Eltern."

„Geh Karli, ned scho wieder, des hamma scho amoi diskutiert."

„Aber mei Großmutter hat no Sie gsogt."

„Magst no a Bier?"

„Sowieso. I muass vorglühn. Heut rennt scho den ganzen Tag die Pichler im Fernsehen."

„Wer is die Pichler?"

„Na die mit die Schnulzen da, aus England."

„Du manst die Rosamunde Pilcher."

„Ja, die. Jetzt wo die Elke krank is, schaut die den ganzen Tag den Schaaß aun. I hoit des nur bsoffen aus."

„Wenns ihr gfoin."

„I lass eh; und wenn i gnuag Fettn hab, dann schau i mit."

„Brav, aber ned deppat eineredn."

„Tua i eh ned. Schlaf eh meisten ei dabei. Aber jetzt muaß i aufs Häusl."

„Geh bitte, setz di aber nieder dabei."

„Heast Pepi, was denkst du von mir? Im Steh brunzen is ganz schee anstrengend, i bin mittlerweile scho in dem Alter wo ma si gern hinsetzt, und des ned nur in der Tramway."

Mit den letzten Worten fällt hinter ihm die WC-Türe zu.

*

Zur selben Zeit sitzt Albin Kemmer an seinem Schreibtisch und sortiert Büroklammern. Er muss immer wieder an Rudolf Schöbitz denken. Wieso überfällt man jemanden, bei dem es offensichtlich Nichts zu holen gibt. Ein klarer Fall von zur falschen Zeit am falschen Ort. Er nimmt sich vor, heute wieder ins Spital zu fahren. Das Schicksal ist zu Rudolf Schöbitz ohnehin nicht gerade gnädig gewesen, soll dieser wenigstens nicht ganz alleine in der Rudolfstiftung herumliegen. Wenn er in seiner Uniform kommen würde, wäre der späte Besuch sicherlich auch kein Problem. Bis sieben hat er noch Dienst, dann wird er fahren. Sein Kollege Reinhard

Wladowecz, der ihm gegenüber sitzt, sieht an seinem Bildschirm vorbei und Kemmer beim Ordnen der Büroklammern zu. Dann sagt er: „warst du ned bei dem Sandler im Spital?"

„Du meinst den Schöbitz, der is ka Sandler."

„Is eh wurscht, der is tot."

„Was ist der?"

„Ja, den hat heut am Vormittag ana gfunden, diesmal aber ned im Friedhof, sondern daneben. Bei so an Würschtler."

„Des gibt's nicht."

„Ohja, beim Aufsperren."

„Und wieso erfahr ich davon erst jetzt."

„Keine Ahnung, am Vormittag hab is selber no ned gwusst und zu Mittag warst ja draußen. Hast dir die Meldungen ned angschaut wiesd wieder kommen bist?"

„Nein, hab ich nicht. Schaust du dir immer alle Meldungen an?"

„Na, eh ned. I sag nur. Hast ihn kennt, i maan näher kennt?"

„Nein, ja, waaß i ned. Ich war damals a ganz a junger Beamter und sein Bruder hat die Mutter erschlagen. So hab i mit ihm zu tun gehabt. Und dann hab ich ihn manchmal getroffen. Letzte Woche zum Beispiel, am Markt."

„Naja, du waaßt doch, sowas passiert."

„Ja, ich weiß, dass sowas passiert. Aber in dem Fall, hab ich ihn gesehen, bevor er überfallen worden ist. Ich war dort. Wenn i mit ihm heim wär, dann tät er noch leben."

„An dem Niederhauen is er aber ned gstorbn. Der ist erstochen worden. So wie die andern."

„Geh bitte, ned an Zusammenhang konstruieren. Was soll der Schöbitz mit der Leich vom namenlosen Friedhof ztuan haben?"

„Naja, is schon a bissl auffällig, drei Leichen in so kurzer Zeit. Normalerweise hängt sowas ja immer zsamm."

„Eh, aber was soll der damit ztuan haben?"

„I waaß ned, tuat ma laad."

„Ja, passt eh schon."

Kemmer ist nun nicht mehr so ruhig wie gerade eben bei seiner Büroklammernschlichtung. Er wählt die Nummer vom Koat auf der Simmeringer Hauptstraße.

„Kemmer, Koat Kaiserebersdorferstraße. Wer von euch hat denn die Sache mit dem Schöbitz über."

„Aha. Kann ich den sprechen bitte?"

„Albin Kemmer, Kollege sie haben den Rudolf Schöbitz heute gefunden?"

Das Gespräch dauert nicht lange. Kemmer bemerkt, dass da nicht viel zu holen ist. Der Beamte war auch derselbe, der am Sonntag dabei war, als Schöbitz niedergeschlagen aufgefunden wurde. Das Ergebnis ist trotzdem recht dürftig. Es gibt keine Hinweise auf gar Nichts. Jetzt ist dafür ohnehin die Gruppe Mord zuständig. Kemmer soll sich seine Informationen von dort holen. Wofür aber. Die drei Mordfälle würden ohnehin untersucht werden, da bedarf es sicherlich nicht seiner Hilfe. Kemmer fühlt sich trotzdem betroffen, er gibt sich auch einen Teil der Schuld. Hätte er doch Schöbitz begleitet, als er ihn gesehen hatte. Jetzt war es zu spät. Wieso aber ermordet jemand diesen Mann? Noch dazu an derselben Stelle, an der er drei Tage zuvor niedergeschlagen worden ist. Zumindest zwischen diesen beiden Taten muss ein Zusammenhang bestehen. Andernfalls wäre es zuviel Zufall auf einmal.

Anstatt nach Dienstschluss nach Hause zu fahren, begibt sich Kemmer wieder zum Friedhof Alt-Simmering. Er geht die Einfriedung ab, bis er bei Peter Sturms Würstelstand ankommt. Der hat heute geschlossen, was nicht allzu verwunderlich ist. Ein Zettel klebt auf dem heruntergelassenen Rollbalken: „Heute geschlossen"; doppelt unterstrichen. Kemmer ist sich nicht so sicher, ob er zum Pistauer gehen möchte. Es würde ihm schon gefallen, die Kellnerin vom letzten Mal wieder zu treffen, aber ist sie heute überhaupt da, oder hat sie frei? Um das herauszufinden, muss Kemmer wohl doch aber in das Wirtshaus gehen.

Es scheint so, als wäre durch die kurzfristige Schließung des Würstelstandes, das Publikum heute Abend breiter aufgestellt als sonst und es kommt Kemmer so vor, als würden einige der Gesichter, die er beim Würstelstand schon gesehen hat, heute Abend hier sein. Wie auch die Kellnerin vom letzten Mal. Er sieht sie und bemerkt, dass er sich innerlich ein ganz klein wenig zu viel freut. Sie blickt zum Eingang, erkennt ihn und winkt ihn zu sich.

„Sie sinds also wieder. Schön, dass sie da sind. Heut ist ganz schön was los. Vielleicht haben sies schon gehört, aber gegenüber hat man wieder eine Leiche gefunden."

„Ich habs gehört."

Hedi Burger fragt nicht nach woher Kemmer weiß, dass man heute morgen Rudolf Schöbitz gegenüber beim Würstelstand aufgefunden hat. Es wird morgen erst in der Zeitung stehen.

„Was wollens denn heute, ein Bier?"

„Ja, bitte."

„Und, wie geht's ihnen so?"

„Durchwachsen."

„Durchwachsen, wie a Speck?"

„Nein, eher wie das Wetter."

„Ja, aber des Wetter ist doch eh fein den Sommer. Sonst jammern die Leut immer, es gibt kan richtigen Sommer mehr. Jetzt ist er da."

„Wer?"

„Der Sommer."

„Aso, ja."

„Na hörns, sie sind aber auch ein bissl durcheinander. Was istn los mit ihnen?"

„Nix, nix, nur die Toten, die da gefunden worden, die gehen mir nicht mehr aus dem Kopf."

„Wieso des, müssen sies aufklärn?" Hedi Burger lacht und stellt Kemmer das frisch gezapfte Bier hin.

„Nein, ich muss gar nichts aufklärn, aber es interessiert mich eben. A komische Gschicht das Ganze."

„Naja, makaber halt. Aber die dritte Leich, die war ja eh nicht am Friedhof."

„Aber fast; außerdem glaube ich, dass sie mit den anderen Leichen zusammenhängt. Soviel Zufall gibt's ja nicht einmal im Fernsehen."

„Möglich. Wissens, ich hab einmal eine Geschichte gehört, da war ein Maurer, der hat die Leichen immer dort eingmauert, wo er grad garbeitet hat."

„Und, wie sinds auf den kommen?"

„Gar ned."

Kurzes Schweigen. Dann lacht Hedi los und Kemmer kann sich auch nicht halten. Die anderen Gäste lässt das kalt. Sie sind zu sehr mit sich selbst und ihren Kaltgetränken beschäftigt. Aus dem Raucherteil, zieht Tabakgeruch zur Bar herüber, der Kemmer in die Nase steigt.

„Wie ist das eigentlich mit dem Rauchen da herin?"

„Wie meinens das? Rauchen darf ma da drin."

„Nein, ich mein wie es die Gäste aufgenommen haben."

„Naja, so und so. A poa ham si gfreit und a poa ham si gärgert. Der Rest fügt sich. Die, die si gärgert haben, haben si aber a laut gärgert. I sag so, beim Essen ned Rauchen find i guat, aber nachher, wenn alle zsammsitzen, dann ist des ned gscheit. Und am Abend, wenns an der Bar sitzen, derfens ned rauchen, a a Bledsinn. Aber wurscht, so is es, bis es wieder anders is."

„Sie sind ja a Philosophin."

„Waren wir ned scho beim Du?"

„Na-„

„I glaub schon, wurscht, sag ma Du; i bin die Hedi."

„Ich weiß, Albin."

„Ja, eh."

Das Du-Wort ist nun offiziell besiegelt. Kemmer vermisst zwar den dazugehörenden Kuss, aber was nicht ist, kann ja noch werden. Beim letzten Mal war Hedi ja auch nicht unbedingt sehr zurückhaltend. Kemmer schweift mit seinen Gedanken wieder ab. Was ist die Gemeinsamkeit der drei Leichenfunde? Sie alle sind männlich und wurden auf, oder neben einem Friedhof gefunden. Die erste Leiche hatte einen Herzstich und muss auf der Stelle tot gewesen sein. Dass dieser von hinten und doch recht professionell ausgeführt worden ist, ist ein wichtiges Detail und gleichzeitig auch ein großer Widerspruch zu den beiden anderen Leichen. Die weisen nämlich mehrere Messerstiche, durch die sie getötet worden sind, in die Brust auf. Sind also keineswegs professionell ins Jenseits befördert worden. Ob der erste und der zweite Mord überhaupt zusammenhängen? Beide sind auf einem Friedhof gefunden worden, beide sind männlich, beide sind erstochen worden. Die Art und Weise aber, ist so unterschiedlich, dass, entweder beabsichtigt dargestellt, oder aber wirklich keine Verbindung zwischen den beiden Toten besteht. Aber was hat dann Rudolf Schöbitz damit zu tun. Kemmer findet keinerlei Erklärung dafür. Eine Verbindung muss es aber geben, zumindest zwischen zwei Fällen, vielleicht zwischen allen dreien. Dass zufällig drei Tote in diesem engen Zeitraum an so nahe beisammen liegenden, beziehungsweise ähnlichen Orten auftauchen, ist äußerst unwahrscheinlich.

In der Zwischenzeit sitzt Kemmer alleine an der Bar. Er hat sein viertes Bier ausgetrunken, war fünfmal zum Rauchen nach nebenan gegangen und hat Hedi, etwas zu interessiert, bei der Arbeit zugesehen. Ihr ist das natürlich nicht entgangen und sie hat ihm ebenfalls, viele aussagekräftige Blicke zugeworfen.

„Und, wie schauts aus heute?"

„Wie schaut was aus?"

„Naja, ich sperr jetzt zu, und dann hätt ich eigentlich frei."

Kemmer kann sich ein Grinsen nicht verkneifen. Er stellt sich etwas hilflos an. Kein Wunder, ist es jetzt auch schon viele Jahre her, dass er in so einer Situation gewesen ist. Er holt seine Geldbörse heraus und legt einen Zwanzig-Euro-Schein auf die Bar.

„Was heißt das jetzt?"

„Das heißt, dass ich jetzt einmal zahle, dass wir dann gehen können."

„Ok", sagt Hedi, „das waren vier Krügel, macht 14,40."

„Fünfzehn."

Hedi gibt ihm einen Fünfer retour, den Kemmer in seine Börse steckt, die er dann in seiner Gesäßtasche verstaut.

„Pass auf, dassd dein Börsel ned verlierst. Das fliegt da schneller raus, als was du glaubst."

„Ich pass schon auf, das ist immer dort."

„Jaja, ihr Männer wissts immer alles besser. Also, was mach ma. Soll ma noch was trinken gehen, Das 70er hat sicher noch offen."

„Eher ned, das 70er ist nix für mich. Und außerdem hab ich, glaub ich, eh schon genug."

„Ok, dann gemma zu mir. Auf an Kaffee, wie ma so sagt."

„Kaffee klingt gut."

*

Albin Kemmer und Hedi Burger machen sich auf den kurzen aber ungewohnten Heimweg zu zweit. Hedi Burger wohnt nicht weit weg von ihrem Arbeitsplatz, einmal ums Eck Unter der Kirche in einem Plattenbau. Ihre Wohnung ist für eine Person alleine wohl etwas zu groß und wirkt ein wenig leer. Kemmer setzt sich auf die Couch und schaltet, trotz Hedis Ermutigung, den Fernseher nicht ein. Wenn er etwas hier nicht braucht, dann ist das ganz bestimmt Ablenkung. Im Nu ist Hedi mit zwei Tassen Espresso neben ihm. Sie merkt, dass Kemmer nicht Herr der Lage ist und ist darüber sogar ein wenig erleichtert.

Bevor Kemmer am nächsten Tag, nach einem ausgiebigen Frühstück, das der Nacht geschuldet ist, sich auf den Heimweg macht, wird er noch daran erinnert, dass es mehrere Wege ins Paradies gibt und auch die Lebensmitte noch neue Erkenntnisse bereit halten kann.

9 – Die Gruppe Mord

Donnerstag, der 29. Juli; Vormittag. Drei Männer stehen mit ebenso vielen Bierdosen vor Sturmis Würstelstand und unterhalten sich. Ein Mann in Anzug kommt geradewegs aus dem Friedehof und steuert auf die Gruppe zu. Er studiert die Tafel mit den hier feilgebotenen Speisen und entscheidet sich, nach offensichtlich reichlicher Überlegung, für ein Paar Frankfurter und einer Dose Coca-Cola.

„Senf? Ketchup?"

„Senf bitte."

„An Siassn oder an Schoafn."

„Scharf."

„Brot? Semmel; na, Semmeln hab i heut kane. Viervierzig, bitte."

Der Herr bezahlt mit einem 5-Euro-Schein. Von den sechzig Cent die er zurück bekommt, lässt er zehn in der Plastikschüssel, in die Peter Sturm das Wechselgeld gelegt hat.

„Arg was da passiert ist, oder?"

„Was ist denn passiert?"

„Na die Leichen, da am Friedhof."

„Aber ist das nicht normal, Leichen am Friedhof."

„I siech schon, sie haben keine Ahnung, san sie ned von da?"

„Nein, ich war nur auf dem Grab von meiner Tante, ich komme einmal im Jahr hierher. Ich wohne in Langenlois."

„Aha, a Gscherter. Na lassens ihnas guad schmecken."

Die drei anderen finden die Szene recht amüsant. Sie halten sich an ihren Dosen fest und kommen dann aber doch wieder zum Thema zurück. Das ist natürlich kein anderes als die Ereignisse der letzten Tage.

„Bei uns is normalerweise ruhig. Do raft niemand. Wieso denn a, a jeda wü sei Ruah. Mehr ned."

„Ja, aber komisch was da jetzt so los is."

„Und wer tuat sowas. Grad den Rudi. Der war eh ned so oft da."

„Na, der war lang ned da. Jetzt aber glei a paar Mal."

„Ja, vor ana Wochn war er da. I waaß no genau. Bevors die Leich gfunden ham. Des war am Freitag, also wars Donnerstag, wo er da war."

„Früher war er öfters da. Der war a vü im 70er. Da hat er ane kennt, die is immer ausn Büro direkt ins Espresso. Woan aber a ned lang zsamm. Zwa, drei Monat. Aber a fesche Gretl. Waaß i goa ned wos aus dera wurdn is."

„Die hot der Bus zsammgfiat."

„Geh redt ned so an Bledsinn, Toni."

„Na ohjo, könnts euch ned erinnern an den Unfall. Letztes Joa, ich glaub es war kurz nach Neujoa. Ka Schnee, aber feucht woas. Hat ned gschaut, oder was."

„Aso, naja, kann passieren. Blede Gschicht. Deswegen sag i a immer, erst links und dann rechts schaun, so kann nix passiern."

„Jaja, was du so ollas sagst."

„Vielleicht is besser, manchmal ned so vü reden."

„Wie manst des jetzt, wüst ma den Mund verbieten."

„Geh Sturmi, bitte. I man goa ned di. I sag ja nur. Der Rudi hod a vü gredt."

„Wos hat der Rudi gredt?"

„Na eh nix."

„Ohjo, der hat irgendwas von an Kurs gredt. Der Kurs ist gestiegen, hat der gsogt. Wissts es no?"

„Na, ka Ahnung wos du do redst. Der Rudi war doch ned an der Börse. Mit wos fia an Göd denn?"

„Is eh egal, jetzt is wurscht. Der Rudi is tot. Wann isn sei Begräbnis?"

„Na ka Ahnung, woher soll i des wissen, außerdem is der doch erst seit gestern tot. Der liegt sicher auf der Pathologie. Und i waaß goa ned ob der überhaupt a Grab hat."

„Ohjo, der hat ans. Dort wo sei Mutter liegt. Am Zentralfriedhof, glaub i."

„Is ma wurscht, i geh auf ka Begräbnis."

„Du wirst a amoi auf ans geh."

„Sicher nicht, das is ned meins."

„Na, bei dein eigenen wirst aber ned fehln."

Das sorgt natürlich für Gelächter und führt zu einer weiteren Runde Bier. Der Geschorene hat mittlerweile das Feld geräumt. Die Frankfurter hat er gegessen, das Brot nur zur Hälfte.

Zur etwa selben Zeit, sucht die dreiundzwanzigjährige Maria Kurova das Kommissariat Juchgasse auf. Sie möchte eine Vermisstenmeldung machen. Ihr derzeitiger Freund Jirzi Wajoza hat sich schon seit über einer Woche nicht bei ihr gemeldet. Es kommt vor, dass er einige Tage nicht erreichbar ist, dass er so lange aber nicht nach Hause kommt und auch Nichts von sich hören lässt, ist noch nie vorgekommen. Maria Kurova macht sich Sorgen und das sieht man ihr auch an. Sie hat Tränen in den Augen und nicht nur das. Auch Angst. Jirzi Wajoza arbeitet offiziell als Türsteher in einem Nachtclub im zweiten Bezirk. Maria weiß aber, dass er nicht nur Personen kontrolliert und taxiert, ob sie sich einen unbeschwerten Abend auch leisten können. Er gilt auch als Mann fürs Grobe. Was genau das bedeutet, möchte sie eigentlich gar nicht wissen. Sie erzählt auch nichts darüber. Sie gibt zu Protokoll, dass sie ihn das letzte Mal am 18. Juli gesehen hat. Um sechs Uhr abends hat er die gemeinsame Wohnung verlassen um seinen Arbeitsplatz aufzusuchen. Kurz vor Mitternacht haben beide noch miteinander telefoniert, weil Jirzi meinte, dass es womöglich später werden würde und er nicht, wie gewohnt, um sechs Uhr daheim sein würde. Das war das Letzte was sie von ihm gehört hatte. Alle Anrufe im Nachtclub waren ergebnislos. Selbst, als sie persönlich dort war, konnte ihr niemand Auskunft geben. So sieht sie keinen anderen Ausweg mehr, als zur Polizei zu gehen, selbst wenn ihr das Probleme einbringt. Sie übergiebt den diensthabenden Beamten ein aktuelles Photo. Wenige Minuten später steht die Identität der Leiche vom Friedhof der Namenlosen fest. Maria Kurova erleidet einen Nervenzusammenbruch und wird amtsärztlich versorgt. Auch wenn Jirzi sie oftmals geschlagen, und sie beim gemeinsamen Sex mehr als ihr gefiel, gewürgt hat, war er doch auch zärtlich und ihr Beschützer gewesen. Maria Kurova sieht nun alles wie durch eine Nebelwand. Sie ist sich gar nicht mehr so sicher was hier überhaupt geschehen ist. Für die Beamten ist alles erledigt, sie bringen die junge Frau aber persönlich in ihre Wohnung, zu ihrer eigenen Sicherheit. Um 23 Uhr 58 stirbt Maria Kurova in ihrer Badewanne, sie hat sich die Pulsadern aufgeschnitten.

*

„Wird heut wieder a heiße Nacht werden."

„Wieso?"

„Naja, „die Abkühlung lässt auf sich warten", hams gsagt."

„Ja, die lasst schon ganz schön auf sich warten. Andererseits, bei uns jammert ma doch immer. Wenns koid is, is zkoid, wenns haaß is is zhaaß. Regnts, woa ka Sommer, jetzt passts a ned. Wien halt."

„Genau, wenn der Wiener nix zum Raunzen hat, dann bringt er si um."

„Eben, deswegen raunzt er ja über ollas. Gibt's was Neues?"

„Ja, das wird di interessieren, die Leich hat an Namen."

„Die von uns?"

„Ja, Jirzi Wajoza. A Bugel."

„Aha; wos, wie, wann?"

„Na, ned so vü. Sei Katz is kommen und hat ihn als vermisst gemeldet. Hat a Photo mitghabt. Wie gsagt, er war a Bugl; im Zweiten drüben Türsteher, aber das eher nebenbei. Wahrscheinlich war sei Oide a am Strich für erm, oder a ned; swaaß ma jo nie so genau bei de."

„Na dann passen die Leichen ja überhaupt nicht zusammen."

„Tuast scho wieder privat ermitteln?"

„Na, aber mir geht das ned aus dem Kopf. Da passt was nicht zusammen. Und jetzt, wo ma weiß wer der war, da ist das ganze ein bissl klarer. Aber trotzdem noch undurchsichtig."

„Lass des lieber. Da gibt's Kollegen, die kümmern sich drum."

„Genau, Kollege Kemmer."

Martin Pollak betritt den Raum. Dass er um diese Zeit noch da ist, muss einen Grund haben. Albin Kemmer erfährt ihn gleich.

„Komm in mein Büro, Kollege Kemmer."

Kemmer folgt Pollak in dessen Büro und setzt sich auf den ihm zugewiesenen Sessel. Die Situation ist mittlerweile nicht mehr so angespannt, wie sie es einmal gewesen ist. Auf Pollaks Tisch steht ein Photo von Kemmers Ex-Frau.

„Ich weiß nicht was sie glauben, aber das geht natürlich nicht."

„Worum bitte geht's jetzt genau? Was geht nicht?"

„Dass sie auf eigene Faust ermitteln."

„Was genau ermittle ich?"

„Was sie genau ermitteln, will ich gar nicht wissen. Ich weiß nur so viel, dass sie ihre Nasn in Angelegenheiten stecken, die sie gar nichts angehen."

„Also bitte, ich habe gar nichts gemacht, im Eigentlichen."

„Ja, im Eigentlichen. Ansonsten haben sie mehrmals die Kollegen von der Simmeringer Hauptstraße kontaktiert und denen beim Mord a Email gschickt."

„Und, ist das verboten?"

„Nein, verboten ist es nicht. Aber sie haben andere Aufgaben, wenn sie hier sind. I brauch keinen Helden da im Koat."

„Ich bin kein Held. Mich hat das interessiert, weil da so manches nicht zusammenpasst. Außerdem, war ich bei der ersten Leiche am Fundort."

„Ja, und bei der zweiten warns dann privat. Ich weiß eh."

„Werd ich beschattet?"

„Nein, machens ihnen nicht lächerlich. Zu wos? Aber sie erzählen doch selbst andauernd davon. Langer Rede kurzer Sinn, sie sollen sich morgen nach ihrem Dienst bei der Gruppe Mord melden. Warum auch immer."

„Aha, wieso das?"

„Sag ich ja, ich weiß es nicht, vielleicht wollens ihnen anwerben. Oder sie machen ihnen klar, wer welche

Aufgaben hat. Sehens eh morgen. Jetzt fahrens einmal ihre Streife. Das wars, danke. I geh jetzt ham."

Kemmer weiß, dass das Gespräch für Martin Pollak jetzt beendet ist. Er steht auf und geht wieder hinaus an seinen Schreibtisch. Pollak verlässt das Koat grußlos.

„Hast du dem wos dazöht?"

„Nein, ja, aber erst nachdem er gfragt hat. Die vom Mord haben heute angerufen und wollten dich sprechen. Du hast ja frei ghabt. Vielleicht wollens dich anwerben."

„Geh bitte, ned du jetzt auch noch, so lustig war der Pollak a schon."

„Du magst erm ned."

„Na, i mog erm ned."

„Warum lasst di dann ned versetzen?"

„Wüst mi loswerden."

„Geh, sei ned glei eingschnappt. Ich mein ja nur."

„Ja, vielleicht lass i mi eh versetzen. Aber das schaut ja auch nichts gleich, immer um Versetzung ansuchen."

„Was heißt da immer. War ja erst einmal. Und jetzt hast auch an guten Grund, den versteht ja a jeder."

„Schau ma mal, fahr ma."

Am nächsten Morgen sitzt Kemmer müde in der Straßenbahn. Die Nacht war Ereignislos und deswegen auch furchtbar lange. Die Gruppe Mord befindet sich am Schottenring. Kemmer sitzt am Gang auf einem Sessel, der wohl schon seit Errichtung des altgedienten Gebäudes hier steht und wartet. Eine Tür öffnet sich und ein Beamter in Zivil nickt Kemmer zu und fordert ihn auf, einzutreten. Kemmer betritt ein klassisches Beamtenbüro älterer Bauart. Er bekommt einen Platz zugewiesen, einen Sessel wohl aus derselben Serie, wie jener am Gang.

„Kollege Kemmer, was wollen sie eigentlich?"

„Schlafen, wenns mich so direkt fragen."

„Sie haben Nacht ghabt, gell?"

„Ja. Und die Nacht davor war a wenig Schlaf."

„Hams a neiche Freundin? Aber lass ma des. Dafür lassens uns aber arbeiten. Wir kriagn dafür zoiht und wir wissen a wos ma machen. Ich will sie jetzt nicht gering schätzen, aber sie san vom Trachtenverein, sie wissen wos i mein."

„Ja, weiß ich. Aber Trottel bin ich trotzdem keiner."

„Das sagt ja niemand. Sie haben die erste Leiche gefunden und jetzt spielns a bissl Krimi; versteh ich. An ihrer Stelle würd ich das auch tun. Dauernd nur Parksünder aufschreiben oder Raufereien unter Bsoffenen schlichten wär ma a zfad."

„Entschuldigung wenn ich jetzt unterbreche. Das was ich jeden Tag mache, das passt mir schon. Das, wie sie mir jetzt sagen, nicht. Ich kann nur so viel sagen, die erste Leiche hängt mit den andern beiden nicht zusammen. Da gibt es keinerlei Verbindung."

„Wie kommens auf das?"

„Schauens, die erste Leich hab ich selbst gesehen. Und in der Zeitung hat ja auch gestanden, dass das ein Herzstich, präzise von hinten war. Sowas macht nur ein Profi. Und jetzt steht auch noch dazu die Identität fest, also."

„Ja, das war einer aus der Szene, der ist aber noch nicht auffällig geworden, weil sonst hätten wir ihn ja gekannt."

„Eben. Ich weiß nicht was das bedeutet, aber das schaut eher aus wie eine Warnung. So ein Trara macht man nicht, wenn man wen loswerden will. Den bringt ma um und schmeißt ihn in die Donau oder was."

„Und die andern beiden Leichen."

„Naja, ich weiß es ehrlich gesagt nicht, aber die beiden hängen ganz bestimmt zusammen. A Mord und der Folgemord. Auf mich macht das den Eindruck, als wär die zweite Leiche nur am Friedhof platziert worden, weil das kurz vorher in der Zeitung gstanden is. So als Ablenkung, dass wir glauben, die ghört zu der andern Leich."

„Wir glauben, Kemmer, sie glauben gar nichts. Aber redens weiter."

„Mehr weiß ich noch nicht. Aber glaubens mir, irgendwer weiß mehr und sie hier in ihren Büro, werden das nicht so einfach herausfinden. Sie müssen die Leut und die Gegend kennen, wenn sie dort was ausrichten wollen."

„Und sie kennen die Leut und die Gegend?"

„Naja, besser als sie schon, immerhin bin ich dort aufgewachsen, mehr oder weniger."

„Mehr oder weniger, ja. Was mach ma?"

„Keine Ahnung, sie haben mich herzitiert."

„Herzitiert, a wos. Eingeladen, auf ein Gespräch. Wissens was, machens weiter, aber unter der Bedingung, dass sie mir alles umgehend berichten was sie herausfinden. Ned eine Einzelaktion und sie san der Held in der Sonntagskrone. Glaubens mir, ich kann ihnen ihre Hacken recht ungemütlich machen."

„Das glaub ich. Könnt ich was über den zweiten Toten wissen? Den dritten hab ich ja gekannt."

„Den haben sie gekannt?"

„Ja, a lange Gschicht."

„Na behaltens die für sich. Der zweite Tote ist ein gewisser Johann Mayer. Einundfünfzig Jahre alt, einssiebenundsiebzig groß und dreiundneunzig Kilo schwer. Mehrere Einstichwunden in Brustkorb und Bauch, die Klinge wurde von unten nach oben geführt. Er hat sich ein bissl gewehrt, aber ned lang. Mehr gibt's eigentlich nicht von ihm. Geschieden, ein Sohn. Wir haben den beruflichen Background durchleuchtet, da gibt's nix. Er hat als Taxifahrer selbständig gearbeitet. Ned reich, aber a ned arm. Gut, ich höre von ihnen."

„Selbstverständlich", sagt Kemmer und verlässt den Raum. Er ist jetzt richtig müde. Einfach nur heim, duschen und ausschlafen. Auf der Straße raucht er sich eine Camel an, während er auf die Straßenbahn wartet.

Um fünf Uhr am Nachmittag wacht Kemmer auf. Morgen hat er wieder Tagdienst. Er wird trotzdem zur Hedi schauen. Ihm fällt ein, dass er ja gar nicht weiß, wann sie überhaupt Dienst hat. Ist sie jeden Tag dort. Egal, es zieht ihn zu ihr. Er denkt eigentlich die letzten Tage schon andauernd an sie. An Hedi und die drei Toten. Sturms Würstelstand hat geöffnet und so geht Kemmer erst einmal dort hin. Es ist nur ein Gast da. Kemmer bestellt sich ein Bier und zündet sich eine Zigarette an.

„Gengans, hättens für mich auch eine?"

„Geh Toni, lass die Leut in Ruah."

„Aber na, passt schon, da bitte."

„Danke. A Feia hab i söba. I kenn ihna. Sie san der Neiche von der Hedi."

Kemmer ist ein wenig verlegen.

„Was sie alles sehen, sie kommen viel herum?"

„Naja, i bin scho viel unterwegs da am Grund. Da hab i ihna gsehn. Is eh a Fesche. Brauchens ihna nicht geniern. A starke Frau."

„Das sicher, a starke Frau. Weil sie sagen sie sind da viel unterwegs und a in der Nacht. Haben sie vielleicht was gsehn? Ich mein, was des mit die beiden Toten zu tun hat."

„San sie von der Polizei? Die ham mi nämlich a scho gfragt, aber ich habe nichts gesehen und nichts gehört. Das is a gsünder so."

„Spielens damit auf den Herrn Schöbitz an?"

„Naja, gsund is der nimma und vielleicht hat der ja gsehn wie jemand die Leich über die Mauer hat. Sowas is nie gut."

„Hat er was erzählt diesbezüglich?"

„Na, eigentlich ned. Und ich wills a gar ned wissen. I leb eigentlich gern."

Kemmer ist sich nicht sicher ob es sich hierbei um Anspielungen handelt oder ob sich der etwas angeheiterte Toni Keller nur wichtig machen will. Er trinkt seine Bierdose aus, wünscht guten Abend und geht zum Pistauer. Hedi hat Dienst und nur zwei Gäste sind da. Die Nacht verbringt er wieder bei ihr. Eine starke Frau, kommt ihm vor dem Einschlafen, sein Kopf in ihren Armen, noch in den Sinn.

10 – A Bledsinn

Seit dem Fund der ersten Leiche, am Friedhof der Namenlosen, sind nun gut vier Wochen vergangen. Wir schreiben Dienstag, den 18. August. Es regnet. Eine kleine Sensation. Seit dem Wochenende gibt es die lang ersehnte Abkühlung. Morgen wird es noch kühler werden. Um die 19 Grad. Danach kommt der Sommer nur noch sporadisch zurück.

Kurt Navratil und Josef Pribal sitzen heute, und das betonen sie beide, nur ausnahmsweise im Espresso am Enkplatz. Eigentlich stinkt es ihnen dort ein wenig zu viel. Durch den überraschend einsetzenden Regen suchen sie Schutz im Lokal. Ist man einmal drinnen, merkt man den typischen abgestanden Geruch von Kaffee, Zigarettenrauch und Alkohol nicht mehr. Geht man draußen aber vorbei, weht einem das Aroma der Wind in die Nase. Wie gesagt, es regnet heute zum ersten Mal seit langem wieder, deswegen auch die wohl etwas überhastete Flucht der beiden.

„Host du gestern ferngschaut?"

„Na, wieso?"

„Der Hodina war."

„Was is a Hodina?"

„Na der mit die Wienerlieder."

„Aso, der. Der lebt no?"

„Ja, dem geht's eh guad. Und die Lieder was der gspüt hat, schee."

„A wos, a Raunzerei des ollas. Die singen ja olle ois hättns a Schlagl ghabt."

„Na geh, Kurtl, sei ned so. Nur weils dir ned gfoit."

„Na, gfoit ma ned. Der Andy Borg und der Udo Jürgen, ja de loss i ma eiredn. Und die Helene Fischer, die geile Sau, aber sunst kannst die olle vergessen. Gibt ja nix Gscheites mehr. Die moderne Musik kannst in Koloniakübel schmeißen."

„Naja, muasst dirs ja ned anhören."

„Eh ned. Moch i a ned. I hör ma im Radio nur die Nachrichten an. Da herin aber, muass i zuahean."

„Geh Lisi, bring uns no a Runde."

„Wos is, lodst ei?"

„Sicher, abwechselnd hoit, kummt eh aufs selbe ausse. Heast i hab an Hunger, i glaub i muass wos essen."

„Geh bitte, da gibt's doch nix. Die ham doch nur an Toast."

„Lisi, was habts denn zum Essen?"

„An Toast hamma."

„Na, sixt."

„Und sunst?"

„Eismarillenknödel."

„Geh bitte, heut is eh koid gnuag. Na, was Gscheites."

„Naja, wir ham an Toast und wir ham Frankfurter und Debreziner. Aber i hab dazua nur Semmeln von gestern, die kann i da aufbochn."

„Dann bring ma Debreziner. Bitte."

„Dauern a bissl; da habts amoi eure Saftln."

Sie stellt das große Bier und das Viertel Weiß auf den kleinen Tisch mit Steinplatte und nimmt den Aschenbecher, der sich in der Zwischenzeit gefüllt hat, mit, um umgehend einen neuen zu bringen. Dann macht sie sich auf in die kleine Küche, die hinter der Vitrine mit den Mannerschnitten und den sorgfältig aufgereihten Flaschen, die es hier zu konsumieren gibt, ihren Eingang hat. Die Neonröhre, die die feilgebotenen Getränke anflackert, muss auch schon gelängst gewechselt werden. Aber niemand kümmert sich darum. Genau so wenig wie um die Uhr, die über dem Eingang hängt. Sie zeigt zumindest zweimal am Tag die richtige Zeit an, ansonsten geht sie falsch.

Es ist kurz vor zwölf Uhr mittags, als Pribals Debreziner kommen. Er trennt die beiden Würstel und bricht eines davon in der Mitte auseinander, taucht es in den Senf und beißt ab. Dann bricht er die Semmel, angenehm warm aber äußerst bröselig und steckt sich davon ein Stück in den Mund. Er kaut, schluckt und wiederholt das Procedere. Als er beim zweiten Würstl aus Debrecen ist, öffnet sich die Glastür und ein junger Mann, Anfang Zwanzig betritt das Lokal. Er setzt sich an den Tisch neben den beiden und als Lisi zu ihm kommt, bestellt er sich ein Bier und zwei Jägermeister. Die Zigarette hat er beim Hereinkommen schon im Mund.

„In Simmering gibt's nur mehr Tschuschen. A Wahnsinn."

Josef Pribal kaut weiter an seiner Semmel-Würstlvereinigung. Kurt Navratil dreht sich aber zu dem jungen Mann um und schaut ihn an. Dann sagt er: „ja, eh.

Aber des war immer scho so. Abgesehen davon, mia san in Wien, und der Wiener is sowieso a hoibata Tschusch, wenn ned a ganzer. Oiso, was solls."

„Wüst du sogn i bin a Tschusch?"

„Na, i kenn ihna ja goa ned. Wie hassens denn."

„I bin der Jack, Jack Nagy."

„Ah, Nagy, a Ungara, is a leiwand. Jack is aber a ned so wienerisch."

„I bin der Hansi. Aber Jack is leiwander, wie der Unterweger. Und außerdem is Jack *international*"

„Der Unterweger, jaja, W Jack 1."

„Wos?"

„Na, sei Kennzeichen."

„Aso."

„Is aber a scho lang hinüber, der Gute."

Lisi bringt die Bestellung des jungen Herren. Der öffnet einen Jägermeister und kippt ihn hinunter. Dann nimmt er einen großen Schluck vom Bier und rülpst danach, leise aber hörbar.

„Ham sie wos mitm Magen?"

„Na, wieso?"

„Na wegen dem Magenbitter. Obwohl, der höfat ihna eh ned."

„Geh bitte, lassens mi in Kraut. Ham sie nix zum tuan?"

„Na, scho a poa Joa nimma. I bin der Kurtl und des is der Josef."

„I bin der Jack."

„Waaß i eh. Und sie, ham sie nix zum tuan?"

„Derzeit nicht. Derzeit hab i frei."

„Aso, Urlaub?"

„Ja, a bissl länger als normal, aber frei."

„Is ihna da ned fad?"

„Na, fad is mir nie. Wissens, wenn i unterwegs bin, dann triff immer wieder a poa komische Vögl, da wird an ned fad." Er grinst und nimmt wieder einen großen Schluck von seinem Bier. Dann öffnet er den zweiten Jägermeister und kippt ihn hinunter, um gleich darauf abermals einen großen Schluck aus seinem Bierglas zu nehmen. Das ist mittlerweile nur noch zur Hälfte gefüllt.

„Is ned a bissl zeitig für so vü Sprit?"

„Des sagn grad sie?"

„Naja, sie san jo a ganz a schneller. Wir zwa zuzeln ja mehr am Glasl."

„Schauens, i hab nix vua heit, mei Oide is beim Buam, also, alles paletti."

„Alles paletti, aso, hört si eh so an. An Sohn ham sie."

„Naja, der ghört meiner Oidn, der is von an Andern."

„Na is eh schee, wenn sie sich drum annehmen."

„Na, des is ihr Hackn, der geht mi nix an. „

„Wohnen Sie do?"

„Immer schon, glei hinter der Kirchn, dort wo die Schul is."

Ergiebiger wird das Gespräch nicht mehr. Jack Nagy verabschiedet sich kurz darauf und verlässt das Lokal. Mittlerweile haben die Regenschauer nachgelassen. Die Sonne kann sich zwar gegen die Wolken noch nicht durchsetzen, das Nieseln hat aber ein Ende gefunden.

Nicht allzu weit entfernt, sitzen zur selben Zeit Hedi und Kemmer in dessen Wohnung und sehen fern. Kemmer hat seit einer Woche Urlaub und verbringt diesen intensiv mit seiner mittlerweile nicht mehr ganz so neuen Flamme. Wenn sie aus dem Bett kommen, dann nur zum Essen, zum Duschen oder wie jetzt, als Abwechslung, zum Fernsehen. Es läuft eine der unzähligen Talkshows auf einem deutschen Programm. Die beiden sehen zu, sind aber nicht wirklich am Thema interessiert. Der zweite Frühling und seine finanziellen Möglichkeiten, lässt die Gemüter erhitzen. Es wird mehr geschrien als diskutiert. Die Statisten dieser Sendung schreien sich gegenseitig an, mit hassverzerrten Fratzen. Hass macht hässlich, wäre ein passender Untertitel. Kemmer trägt eine schwarze Boxershort, Hedi nichts. Sie ist in solchen Dingen unbekümmert, hat er in der Zwischenzeit mitbekommen. Das ist es auch ein Aspekt, der ihm an ihr gefällt. Die letzten Wochen haben, einerseits sein etwas geknicktes Ego wieder aufgerichtet, und andererseits fühlt er sich, abgesehen von der sexuellen Energie, die er anscheinend noch nicht verloren hat, wohl und fast schon geborgen in ihrer Nähe. Hedi Burger sieht die ganze Sache pragmatischer. Natürlich gefällt ihr Albin Kemmer, ist ein netter Kerl, keiner auf den man zu sehr acht geben muss. Im Bett wird sie ihn schon noch hinbiegen, wie sie ihn braucht. Jetzt wird erst einmal genossen. Wenn sich daraus etwas Langfristiges ergibt, kein Problem, wenn nicht, ebenso. Nach der Diskussion über den zweiten Frühling, der beide gelangweilt folgen, kommt die Richterin Barbara Salesch. Kemmer steht auf und stellt sich unter die Dusche. Hedi folgt ihm. Ein Boiler ist in dieser Situation klar von Nachteil, kontinuierlich heißes Wasser aber wichtig. Danach geht Kemmer in die Küche, holt eine Flasche Vermut aus dem Eiskasten und mixt beiden einen Bullfrog. Er bringt die Gläser wieder ins Wohnzimmer und gibt eines davon Hedi.

„Ich hab mir überlegt, ob du nicht bei mir einziehen möchtest."

„Was?"

„Naja, es ist ja Platz zur Genüge. Du lebst allein, ich bin allein da, zwei Wohnungen, das zahlt sich doch nicht aus."

„Geh bitte. Nein. Wir kennen uns doch noch gar ned richtig."

„Wie müssen wir uns denn kennen? Ich glaub ich kenn dich schon in und auswendig."

„Ja, eh, das ist aber zu wenig."

„Dann eben ned." Kemmer wirkt eingeschnappt, als wäre er beleidigt worden. Für ihn ist die Sache vollkommen klar. Er hat sich in Hedi verliebt und er möchte mit ihr zusammen sein. Wenn man sich liebt, packt man den Rest schon, das ist seine Devise. Kennenlernen kann man sich ja immer noch, dazu hat man den Rest des Lebens Zeit. Seine Entscheidung ist ja schon getroffen. Aber wenn Hedi nicht möchte. Sie bemerkt, dass sie für seine Verhältnisse wohl etwas zu direkt war.

„Du, ich mein das ja nicht bös. Nur, ich hab jetzt so lang allein gelebt, ich kann nicht einfach woanders hin und meine Wohnung aufgeben. Ich war immer schon zu selbständig für a Beziehung. So is es doch eh voll ok."

„Voll ok? Jetzt hab ich Urlaub und wir hängen die ganze Zeit im Bett herum. Ja, jetzt ist es ok. Aber dann, wenn wieder alles normal rennt, dann ist das wieder so ein hin und her, bis es einem zu viel wird und es hört sich langsam auf. Erst fragt man dann noch, wann kommst denn wieder, und dann, dann is auf einmal vorbei."

„Wieso solls vorbei sein? Wir wollen uns ja."

„Ja eh, und was hindert uns, dass wir zsammziehen. Nehm ma uns halt a neue Wohnung, wennst meine ned willst."

„Es geht ned um die Wohnung an sich, es geht um mei Wohnung. A neue Wohnung wär dasselbe, als würd ich zu dir ziehen. Des is a Bledsinn."

„Ja, danke. A Bledsinn. Lass ma des."

„Aber du könntest zu mir ziehen, wennst unbedingt willst. Da is a gnuag Platz."

„Wieso bist du so stur?"

„Ich bin ned stur. Das nennt ma konsequent. Red ma später weiter. Trink ma aus und gemma was essen. Du hast da ja glei an Italiener unten im Haus."

„Ja, mach ma das. Ich hab eh einen Hunger. I glaub i hab schon a bissl was abgenommen."

Die beiden werden aber enttäuscht. Der Italiener hat geschlossen und öffnet erst um 17 Uhr wieder. Sie verschieben das gemeinsame Mahl und gehen wieder in Kemmers Wohnung zurück. Dort finden sich noch eine Packung Chips und ein Paar Kekse. Ein karges Mittagsmahl am Nachmittag, zur Überbrückung genügt es aber. Pünktlich um fünf stehen die Beiden dann aber vor der Pizzeria San Marino und sind auch die ersten, die das Lokal betreten. Sie bestellen aus der üppigen Karte, dann warten sie auf zwei überdimensionale Teller auf denen sich ebensolche Pizzen befinden. Kemmer isst eine Hawaii und Hedi eine Diavolo.

„Und, gibt's schon was neues von den Leichen?"

„Nein, woher denn? Ich bin ja nicht im Dienst."

„Naja, foit mir nur so ein. Weilst die Wochen davor ja andauernd so vü drüber gredt hast."

„Ja, aber das stockt. Da hat sich nichts mehr getan."

„Aha."

„Die erste Leich, das war was Eigenständiges. Entweder a Clinch im Milieu, als Abschreckung oder so. Gibt's ja immer wieder. Aber da hat ma gleich gmerkt, dass des a Profi war. A Stich und aus. Die beiden anderen, die hängen zsamm. Ich hab mir das so überlegt: der Tote vom Alt-Simmeringer Friedhof, da gibt's kein Motiv, die vom Mord haben des alles durchleuchtet und nix gfunden. Da muss was andres gwesn sein. A zufälliger Mord, keine Ahnung wie, aber wie gsagt, es gibt kein offensichtliches Motiv."

„Vielleicht wars Notwehr?"

„Notwehr, wie meinst das?"

„Naja, vielleicht wars a Streit, oder der hat wen belästigt."

„Aso, ja, vielleicht. Auf jeden Fall glaub ich, dass den aufn Friedhof glegt haben, damit des so ausschaut wie beim ersten Mord."

„Schlau."

„Naja, aber ned schlau genug. Weil der Fundort alleine machts a ned. Die Art und Weise, wie der zweite zu Tode gekommen ist, weist nicht einmal annähernd Ähnlichkeiten zum ersten Fall auf. Da war die Tatwaffe eher sowas wie ein Küchenmesser."

„Ein Küchenmesser?"

„Ja, ein Küchenmesser. Aber sowas hat niemand bei sich, wenn er spazieren geht."

„Normalerweise ned."

„Eben, also glaub ich, muss man in der Umgebung suchen. Irgendwo dort in dem Grätzl."

„Und der Sandler?"

„Das war ka Sandler. Der hat halt was gsehn. Das schaut ganz klassisch nach Erpressung aus. Beim ersten Mal hats ned funktioniert, dann hat ers noch einmal probiert und beim zweiten Mal war er tot."

„Klingt alles logisch, aber a bissl fantastisch. Gibt's Beweise, Herr Inspektor?"

„Nix gibt's, das is nur a Theorie. Mehr hab i ned. Und die vom Mord kommen auch ned weiter. I steh jetzt auch blöd da, weil erst tu ich so groß, und dann geht bei mir a nix weiter."

„Aber geh, mach dir nix draus. Für mi is das ned wichtig."

„Ja eh, manchmal kann man eh nix machen."

Kemmer und Hedi haben die Pizza im Nu weggeschaufelt. Sie trinken jeder noch zwei Gläser Lambrusco, dann machen sie sich zu Kemmers Wohnung auf. Als sie auf die Straße treten, regnet es wieder ein wenig. Hedi legt ihr Gesicht an Kemmers Brust. Es ist das jener Moment, den er in den letzten Wochen so zu schätzen gelernt hat. Dann schaut sie ihn an und sagt: „ dein Kurs ist ganz stark gestiegen, vielleicht überleg ich mir das mit der Wohnung noch einmal."

11 – „Der is gerade weg, Fräulein"

„Du kannst dir ned vorstelln, was manche auf dem Häusl da alles treiben."

Die Hedi ist ein wenig aufgebracht. Als sie heute ihren Dienst angetreten hat, muss sie feststellen, dass eine Klobrille, in der Mitte durchgebrochen, in der Muschel liegt.

„Waaßt, die san gamsig und gengan bei uns aufs Häusl pudern."

„Aber geh bitte, das weißt du doch gar nicht."

„Na klar weiß ich das. Ich bin lang gnuag in dem Gschäft, da kannst ma gar nix dazöhn."

„Will ich eh nicht. Aber egal wie lange man im Gschäft ist, es kann auch immer anders gewesen sein."

„Aha, bist a Philosoph von Beruf?"

„Geh bitte, ich bin doch ka Philosoph. I bin a ganz normaler Kieberer."

„Jo eh, a Kieberer, und sowas tritt i ma ein." Sie lacht.

„Schau, ich helf dir den Sitz wechseln. Sowas kann doch passieren."

„Ja, aber sowas sollt nicht passieren. Ich mach mir das schon selbst. Wär nicht der erste Häuslsitz, den ich wechsel. Dann hält er wenigstens, wenn ich das mach. Weil macht des der Chef, dann wackelt das ganze Klumpert und die Leut brunzen noch mehr daneben."

Kemmer ist heute ein wenig verblüfft über Hedis Spruch. So kennt er sie ja gar nicht. Sie scheint sich wirklich darüber zu ärgern. Wegen eines WC-Sitzes. Sie macht sonst nicht den Eindruck so ein dünnes Fell zu haben.

„Reg dich nicht auf, lass dir helfen, musst es ja nicht allein machen."

Hedi kommt gerade von hinten mit einem frisch verpackten WC-Sitz aus Holz.

„Na, lass mich, es geht schon. Bleib da sitzen und ruf mich wenn jemand kommt."

Kemmer setzt sich wieder auf seinen Barhocker und zündet sich eine Zigarette an. Er inhaliert tief, legt dann den Glimmstengel in den Aschenbecher und nimmt einen Schluck von seinem Kaffee. Seitdem er so oft bei Hedi ist, muss er auf seinen Alkoholkonsum aufpassen. Das viele An-der-Bar Sitzen verleitet ihn schon sehr. Da kann er nicht um drei am Nachmittag schon mit Bier anfangen. So trinkt er erst einmal seinen Kaffee, dann ein, zwei Mineral. Erst später lässt er sich auf den Alkohol ein. Ein weiterer Grund ist natürlich auch die neue und noch frische Liebe. Er möchte seinen Mann stehen und sich keine Blöße geben. Wenn noch keine anderen Gäste da sind, raucht Kemmer auch hier im Nichtraucherbereich, kommen aber Gäste, geht er entweder nach hinten in die Küche, wo er dann neben dem Eingang steht und raucht, oder vor die Tür. Der Platz in der Küche hat den Vorteil, dass er Hedi von hinten bei der Arbeit beobachten kann. Ihre Kehrseite erfreut ihn ebenso wie ihr forscher aber auch melancholischer Blick. Hedi ist eindeutig eine Frau, die ihre Schönheit im Alter behalten, wenn nicht sogar zu ihrem Vorteil gewandelt hat. Die Erfahrung der Jahre trägt dazu mit einem etwas verruchten Anteil bei.

Als er die Tür hört, springt Kemmer auf und geht hinter die Bar zur Küche. Er hat die Zigarette in der Hand und den neuen Gast im Blick. Ein älterer Herr setzt sich an einen Tisch und legt seinen Hut neben sich auf die Bank.

„Bedienung kommt gleich", sagt Kemmer.

„Jaja, is schon gut, ich habs nicht eilig."

Der Gast nimmt die Karte und beginnt sie durchzublättern. Da hört Kemmer wie Hedi ihm etwas zuruft. Sie braucht eine Schere.

„Und wo find ich die?"

„In der Lade vom Kastl wo die Mikrowelle draufsteht."

Kemmer tut wie ihm befohlen und öffnet die linke der beiden Laden. Fehlanzeige. Nur Papiere. Rechnungsblöcke, Schmierzettel, Kugelschreiber und dergleichen. Also die zweite Lade. Auch Fehlanzeige. Keine Schere. Dafür Bindfaden, Flaschenöffner, Batterien, eine Zange und eine Geldbörse. Was hatte die hier zu suchen? Unwillkürlich greift Kemmer zur Geldbörse und klappt sie auf. Das Bild auf dem Führerschein lässt ihn erstarren. Er blickt direkt in die Augen von Johann Mayer. Kemmer ist starr vor Schreck. Und ob das nicht genug ist, mit einem Schlag sieht er plötzlich alles so klar vor sich. Warum Schöbig sterben hatte müssen und warum auch auf dem Alt-Simmeringer Friedhof eine Leiche gefunden wurde. Kemmer nimmt die Geldtasche an sich. Er weiß plötzlich alles und gar Nichts mehr. Vor allem nicht, was er jetzt tun soll. Als die Eingangstür hinter ihm zufällt, blickt der einzige Gast kurz von seiner Speisekarte auf, schüttelt den Kopf, um aber gleich darauf wieder zu überlegen, was er denn als erstes bestellen soll. Hedi kommt in der Zwischenzeit aus dem WC um zu sehen, wo die Schere bleibt.

„Der is gerade weg, Fräulein", sagt der einzige Gast.

12 – Zu viele Chancen

„Mir geht das nicht in den Schädel, sowas versteh ich nicht."

„Du warst a no nie in so einer Sitauation, deswegen verstehst mi ned."

„Na, das kannst ned sagen, so einfach is das ned. Du wärst locker mit Notwehrüberschreitung durchkommen. Sowas gibt's ja ned."

„Es war a Unfall, i wollt es ned."

„Wo bitte, war das a Unfall?"

„Ich hab mich ja nur gwehrt."

„Eben, das war Notwehr, ganz klar. Aber was dann abgangen ist, das ist irre."

„Bitte hör auf damit. Du waaßt ned wie des is, wenn da vua dir ana steht, der stärker is als du. Das Messer war da und i hab mi gwehrt, mehr ned."

„Mehr ned? Und wie kummt die Leich dann am Friedhof?"

„Ich hab Angst ghabt. Ich hab ja ned gwusst was da auf mich zukommt. Der war tot und ollas war voll Bluat, i war in Panik, was hät i tuan solln?"

„Vielleicht die Polizei rufen?"

„Ich hab Angst ghabt, verstehst du des ned? I hab Angst ghabt, dass mi die mitnehmen."

„Na, i versteh das ned. Zu dem Zeitpunkt war alles noch in Ordnung. Notwehr. Punkt und aus. Alles was dann kommen is, war zuviel."

Kemmer ist außer sich. Nachdem er Hedi die Geldbörse gezeigt hat, ist sie gleich in Tränen ausgebrochen. Er hat sie beruhigt und wollte dann wissen was geschen ist. Hedi erzählt ihm die ganze Geschichte. Dass ein Mann, sie hatte ihn nicht gekannt, bis zur Sperrstunde geblieben ist. Dann nicht gehen wollte und sie auch noch bedrängt hat. Er war ihr in die Küche gefolgt, hat ihr von hinten eine Hand auf den Mund gelegt und mit der anderen ihre linke Brust umschlossen. Hedi griff insiktiv nach einem herumliegenden Messer, stach hinter sich und versuchte sich zu befreien.

„Ich hab nicht gewusst was ich tun soll. Und da ist mir das aus der Zeitung eingefalln, die Leich dies am Friedhof gfunden ham. Ich hab mir gedacht, wenn ich den auch am Friedhof ablad, dann glaubt man, dass der zum anderen ghört."

„Haben wir eh. Du hätst des nur melden müssen, es wär ned vü passiert. Du hast kane Vorstrafen, du bist ned auffällig gwesen, wir haben nichts über dich im Computer. Nur die Gschicht mit dein Buam."

„Eben, is eh alles wurscht."

„Na, ist es nicht. Was war mit dem Rudi?"

„Der wollt mi erpressen. Der hat mi gsehn. Aber ned wie i die Leich am Friedhof hab, sondern im Lokal. Am nächsten Tag beim Heimgehen hat er mi angredt. Er wollt fünftausen Euro."

„Und du, was hast gsagt?"

„Was hät i denn sagen sollen, ich hab gsagt, ich brings ihm. Er wollts am nächsten Tag haben. Ich wollt ihm nix tun."

„Aber passiert ist dann doch was."

„Ja, er hat das Geld gnommen und hat mi angschaut und hat gsagt, dass des a guader Anfang ist. A Anfang. I hab so a Angst ghabt, dass des nie aufhört. Wie er gangen is, bin i ihm nach und hab ihm den Stein am Schädl ghaut. Dann hab i erm auf die Bank glegt."

„Und selbst da hast du noch a Glück ghabt. Der war ned tot. Der hat di erpresst. Da kann man schon die Nerven verlieren. Vor allem bei dem was vorher so los war. Wahrscheinlich wärst da a no durchkommen, bei an verständnisvollen Richter. Nachher wars zspät."

„Der war glei wieder da. Drei Tag später hat er mi wieder abpasst. Ich hab gsagt, ich hab was in der Kassa, hab wieder aufgsperrt, das Messer gholt, und-"

„Das wär alles ned notwendig gwesen. Du hast sovü Chancen kriegt. Und kane hast gnutzt. Der erste war a Oasch, du hast di gwehrt. Der Rudi erpresst di, is verstädnlich die Reaktion, aber, dassd erm umbringst, das war definitiv zuviel."

„Was hät i denn tuan sollen? Der sagt, des is a guada Anfang, mei ganzes Leben hät ma der ka Rua mehr geben."

„Hät er, wahrscheinlich, jetzt aber kann er gar nix mehr. Der hat a Chance gsehn auf a bissl a Glück, sei Leben war eh verpfuscht, mit an Bruader der die Mutter umbracht hat. Des wär alles ned notwendig gwesen."

„Notwendig, du hast doch gar ka Ahnung was notwendig is. Der Oasch hats a notwendig ghabt, der hat a ned gfragt ob i wü, der is auf amoi in der Kuchl gstandn. Was hät i denn tuan solln?"

„Von dem red i ned. Ich red vom Rudi, der könnt no leben; und das zu recht. Da hast no a Chance kriagt, das hättest ollas mit a poa Kratzer überstanden, aber dann wars zspät."

„Und jetzt?"

„Jetzt is a zspät."

„Was passiert mit uns zwa?""

„Was soll sein mit uns. Wohnung werd ma jetzt kane mehr brauchen, deine wirst a ned behalten."

Hedi blickt starr zur Eingangstüre. Sie ist von innen verschlossen. Sie verwirft den Gedanken wieder und schaut Kemmer mit ihren, vom Weinen geröteten Augen an.

„Was soll i jetzt machen?"

„Du stellst di. Das is das Beste."

„Gehst mit?"

„I mag ned."

„Bitte."

„Na, du schaffst des schon, du bist a starke Frau. Vielleicht a bissl zu stark fia mi."

Kemmer steht auf, steckt sich eine Zigarette in den Mund, zündet diese an und geht zur Eingangstür. Er dreht den Schlüssel herum und tritt in die schon kühle Herbstnacht hinaus. Nachdem er ein paar Schritte getan hat, hört er, wie hinter ihm die Türe ins Schloss fällt.

13 – Alles beim Alten

Ein ganz normaler Herbsttag in Wien-Simmering. Die Blätter fallen mittlerweile von den Bäumen, die Sonne versteckt sich hinter mehr oder weniger dichten Wolken und die Hitze ist aus den Betonflächen des Bezirks auch schon zur Gänze verschwunden. Kurt Navratil und Josef Pribal sitzen wie gewohnt an ihrem Stammplatz. Der eine mit seinem Bier, der andere mit seinem Tetrapack Wein. Hinter ihnen fährt die Straßenbahnlinie 6 zum Westbahnhof und weiter. Kurt Navratil wird heute wieder beim Zielpunkt die eine oder andere Aktion nutzen. Warum auch nicht, wer spart, der hat. Albin Kemmer kommt nach seinem Nachtdienst noch beim Markt vorbei. Er besorgt sich seinen Fisch, die Zwiebel und die Erdäpfel. Es muß doch möglich sein, sich endlich das zuzubereiten, was man seit Wochen essen möchte. Die Sache mit der Hedi hat er zwar nicht vergessen, jedoch ist sie abgehakt. Sie belastet ihn nicht. Er wird sie auch nicht besuchen. Kemmer hat morgen Nachmittag einen Termin in Kagran. Er sieht sich dort eine Wohnung an. Simmering möchte er nun hinter sich lassen. Anscheinend hat er nur einen Grund gebraucht, um endgültig einen Schlussstrich ziehen zu können. Sein

Noch-Vorgesetzter ist natürlich äußerst stolz darauf, dass ein einfacher Beamter einen solchen Fall gelöst hat. Kemmer hat umgehend um Versetzung angesucht; sie wird ihm gewährt werden, vor allem unter Berücksichtigung seiner Verdienste. Auch der Leiter der Gruppe Mord hat sich gemeldet; „Hut ab, Herr Kollege, fein haben sie das gemacht; noch dazu, nicht vom Fach und trotzdem erfolgreich. Haha." Bis auf Kemmers Pläne, bleibt hier aber alles beim Alten. Am Sonntag wird Gerhard Schlosser wieder in die Zehnermesse in Alt-Simmering gehen um kurz darauf bei der Peppi vorbeizuschauen. Auf ein Achtl oder dann doch mehrere. Dort wird auch wieder Karl Primmer mit seiner Lebensgefährtin sitzen, sich echaufieren über Gott und die Welt, sie wird ihm zustimmen und die Peppi wird ihn, wenn nötig, in seine Schranken verweisen. Vielleicht schaut Josef Hirtal vorbei. Jetzt, wo die heißen Sommertage vorbei sind, ist er aber nicht mehr allzu oft in der Gegend. In den nächsten Wochen wird er sich wieder ein Quartier für die kalte Jahreszeit suchen. Er hat da seine Plätze, die er aber nicht verrät. Vielleicht sitzt an diesem Sonntag auch Ignaz Zenker bei der Peppi, er ist zwar Abstinenzler, das Gulasch verachtet er aber trotzdem nicht. Außerdem kann er aus der Hand lesen, und seine, wenn auch vagen, Voraussagen, sind bisher immer eingetroffen. Vielleicht macht er aber auch einen kurzen Spaziergang, kommt am Tattoostudio vorbei, schüttelt den Kopf und geht ins Gasthaus Schmidt. Vielleicht, vielleicht aber auch nicht. Der Friedhofsgärtner Miroslaf Dujic hat sein Erlebnis mittlerweile recht gut verarbeitet und ist in diesen Wochen damit beschäftigt, die Gräber für den Winter herzurichten. Er trinkt in der Pause immer noch gerne das eine oder andere hochprozentige Getränk, nur nicht mehr beim Pistauer. Seitdem die Hedi weg ist, steht er auch beim Würstelstand von Peter Sturm. Nicht, dass er die neue Kellnerin nicht mag, er kennt sie nur nicht und das ist für ihn Grund genug, die Strasse nicht zu überqueren, sondern gleich hier zu bleiben. Die Hedi hat sich nach einer durchheulten Nacht gestellt. Kemmer war weg und sie war wieder alleine. Damit konnte sie umgehen. Sie war ihr Leben lang alleine gewesen, oder sollte man besser sagen, einsam. Der Mann, mit dem sie kurz vorhatte, ihr restliches Leben zu verbringen, war gegangen und somit musste sie niemandem mehr etwas beweisen. Ganz kurz hat sie daran gedacht, aber nein, sie würde ihren Sohn ohnehin noch früh genug wiedersehen. Am nächsten Tag packte sie eine kleine Tasche, duschte, putzte sich die Zähne und ging zum Koat Simmeringer Hauptstrasse. Dort erzählte sie die Wahrheit. Auch, dass es Kemmer war, der sie dazu bewegt hat. Der lässt sich übrigens gerade ein Kabeljaufilet einpacken. Er wird jetzt in seine Wohnung fahren, bis am Nachmittag schlafen und sich dann den

Fisch zubereiten. Mit Erdäpfelsalat, aber nicht zu gatschig und schon gar nicht mit Majonnaise.

Juli - September 2015

Hedy Lamarr, eigentlich Hedwig Eva Maria Kiesler, (* 9. November 1914 in Wien, Österreich-Ungarn; † 19. Januar 2000 in Altamonte Springs, Florida) war eine österreichisch-amerikanische Schauspielerin. Daneben erfand sie zusammen mit dem Komponisten Georg Antheil das Frequenzsprungverfahren, das bis heute in der Mobilfunktechnik eine wichtige Rolle spielt. 2006 wurde der *Hedy-Lamarr-Weg* in Wien Meidling (12. Bezirk) nach der Schauspielerin benannt.

Weitere erhältliche Titel:

Johannes Girmindl

Die Moral ist eine Hure

Eine Sammlung ungewöhnlicher Kurzgeschichten

Taschenbuch 2012, 9,20 Euro

ISBN: 978-3-8482-1504-1

Johannes Girmindl

Hot Whiskey

Es stand derselbe junge Mann hinter dem Ausschank wie am Vortag und er begrüßte mich auch umgehend, als er in mir den Tölpel von gestern erkannte. „Ale?", war seine Frage, „Stout!", meine Antwort.

Taschenbuch 2014, 9,30 Euro

ISBN: 978-3-7386-0774-1

Johannes Girmindl

Konrad & Elise

Ein Kinderbilderbuch über Glück, Tod, Schnipp-Schnapp
und Kohlrabi zum Selberzeichnen.

Großformatiges Taschenbuch 2015, 7,80 Euro

ISBN: 9-783738-650327

Johannes Girmindl

All inclusive

*Ein Urlaubsroman mit Kriminalfaktor, Ungereimtheiten und
anderen Verwicklungen; tägliche Animation inklusive!*

Erscheint im Juni 2016

Erhältlich im gut sortierten Fachhandel sowie direkt unter
www.girmindl.at